피는 꽃 아름답고
지는 잎은 고와라

한영택 시집

시음사
시사랑음악사랑

언어로 삶을 그리는 한영택 시인

한영택 시인의 시 세계를 보노라면 자연을 노래하고 그 속에서 세상을 바라보며 삶을 그려나가는 모습을 엿본다. 시인은 자연과 인생을 동화(同和)하여 형상화(形象化)해 창작한 시는 삶을 그려나간 듯, 한 폭의 그림같이 이미지화된다. 일찍이 루이스는 시의 이미지란 '언어로 그린 그림이다'하고 정의하였다. 시에 있어 이미지란 시인의 체험을 언어의 매체를 통해 간접적으로 독자에게 환기시키는 것이라 했다. 한영택 시인 또한, 자연과 인간의 본질을 조화롭게 배양하여 새로운 삶을 발견한 것이다. 한영택 시인의 시는 자연과 삶을 소재로 은유와 의인 기법을 사용하여 독자를 아름답고 순수한 서정의 세계로 이끈다.

한영택 시인의 시는 화려한 수사법을 배제하여 인간 본능의 서정을 보여주기에 정감 가는 시어(詩語)로 독자에게 부담감 없이 다가선다. 아리스토텔레스는 '시는 자연의 모방이다.'라는 말을 빌리지 않더라도 시인들은 자연을 통하여 세상을 바라보며 그 아름다움을 노래해 왔다. 한영택 시인의 첫 시집 "피는 꽃 아름답고 지는 잎은 고와라"에 담긴 시들은 자연과 삶을 통찰하여 절묘하게 조합해 창작한 시인의 시들은 햇살과 바람에 씻긴 순수한 감성을 피운 정감이 어린 소년의 노랫소리같이 서정적으로 들린다. 한영택 시인은 자연과 시인 자신의 삶을 동일화(同一化)하여 그 속에서의 경험들과 추상력(抽象力)을 동원하여 구도를 짜고 표현을 구체화하여 현실적 삶에 촉수를 찌른 예리한 시상(時想)들이 인상적이다.

언어로 삶을 그리는 한영택 시인이 애지중지 가꾸고 기른 첫 번째 시집이 세상 밖으로 나가 첫발을 디딘다. 한영택 시인의 첫 시집 상재(上梓)를 기쁜 마음으로 축하드리며 한영택 시인을 무척 좋아하는 독자의 한 사람으로서 한영택 시인의 첫 시집 "피는 꽃 아름답고 지는 잎은 고와라"를 살가운 마음으로 여러 독자님께 추천하며 많은 사랑을 받기를 기대한다.

(사)창작문학예술인협의회 부이사장 **주응규**

시인의 말

세월 따라 바람이 불고 바람 따라 인생이 간다. 인생을 두 번 살 수 있는 사람은 아무도 없다. 한번 지나가면 모든 것이 끝나고 마는 것, 지금의 모습은 어제와 과거의 자신이 만들어낸 작품이다. 하얀 백지에 그려가는 그림이 뭇 사람에게 어떤 그림으로 비칠까?

사랑이 넘칠 때 세상은 아름답게 보인다. 보이는 모든 것이 한 편의 시가 되어 흐르고 그 속에 기쁨과 행복, 슬픔과 아픔이 우러나온다. 부딪히며 보고 느끼는 것들 지나고 보면 대단하다고 생각했던 것들이 아무것도 아닌 것처럼, 평범했던 것들이 대단한 것처럼 마음 한편에서 별처럼 반짝거린다.

아름다운 자연을 만났다면 자연과 더불어 인생을 노래하고 순수의 존재로 돌아가 기쁨을 누렸음이다. 아름다운 사람을 만났다면 뜨거운 가슴에 벅찼던 행복의 순간 되돌아가지 못할 그리움으로 남았음이다. 체험을 통한 숱한 삶의 진솔한 이야기 내 안의 사랑과 그리움을 마음에 담아 한편의 수채화로 그려보고 싶었음이다.

좋아한다는 것은 잠재적인 재능을 지녔다고 할 것이지만, 중요한 것은 얼마만큼 열심히 키워갈 수 있는가 하는 노력의 결과물일진대 시대의 흐름에 자신을 휘감고 있는 현실에 부딪혀 시를 쓰고 시집을 낸다는 것 쉽지가 않았다.

하지만 하고 싶은 것, 꼭 해야 하는 일이 있다면 실천하는 것, 훗날 되돌아봤을 때 다 하지 못한 미련에 후회하기보다는 모자람도 있지만, 열정적이었던 날을 회상하는 게 훨씬 더 즐겁지 않을까? 많이 부족함에 망설였지만, 묻어버리기엔 아쉬움이 있어 세상에 내어놓았다.

시인, 수필가 한영택

* 목차 *

벚꽃의 속삭임.....................8

내 사랑 목련.........................9

나의 임................................10

낙엽.....................................11

가을날.................................12

자판기에 싹튼 사랑.............13

마음의 꽃.............................14

너의 의미.............................15

임과 함께.............................16

산들바람.............................17

어찌하오리까........................18

가을바람.............................19

그리움의 향연....................20

무심(無心)..........................21

가는 길................................22

한쪽 눈 가리면 안 될까요?.23

길..24

갈대....................................25

파도....................................26

가을바람아.........................27

바위....................................28

가을 산행...........................29

연분홍 몸짓........................30

불..31

그 물에 그 밥....................32

피는 꽃 아름답고 지는 잎은 고와라.33

삶의 안전띠.........................34

버드나무.............................36

그대를 기다리다..................37

국화꽃 향기........................38

은행나무.............................39

잎새야 안녕!.......................40

팔공산 갓바위.....................41

겨울로 가는 계곡...............42

낙엽아.................................43

가버린 사랑........................44

안개비 젖은 메타세쿼이아...45

눈 오는 날..........................46

폭설이 내린 날...................47

새해를 맞이하는 기도.........48

펄떡거림의 미각..................49

가습기.................................50

침묵....................................51

뒤안길.................................52

봄이 오는 소리....................53

봄날의 밤...........................54

운해(雲海)..........................55

커피 한 잔..........................56

* 목차 *

일심(一心)	57	서브4 도전	82
봄날의 산행	58	사랑한다면	83
그리움	59	초심(初心)	84
기다림	60	아직도	85
꽃잎 활짝 피었네	61	무언의 사랑	86
포도주	62	복합기	88
비슬산의 참꽃	63	그릇 싸움	90
꽃들의 뽐냄과 호박꽃	64	산다는 것	92
오월의 공원	65	짝사랑	93
아카시아꽃 필 때면	66	폭염 속 마라토너	94
갈매기 넘나들고	67	자아성찰(自我省察)	95
옛길 등잔봉에서	68	mee too	95
인생	69	동강, 그 슬픈 역사가 흐르다	96
덩굴장미의 사랑	70	광한루의 사랑	98
파란 수평선	71	가슴으로 안아라	99
쇠 굴뚝에 날아간 초가	72	아버지의 뒷모습	100
머물던 사랑	73	그곳을 향하여	101
가슴으로 사랑하자	74	먼 그리움	102
한 소나기	75	불꽃 축제	103
여름 한낮의 거리	76	해수욕장	104
동그랗게 그리면서	77	행복하다	105
이루지 못하는 것	78	설악산 봉정암	106
가을의 전설을 쓰다	79	독도(獨島)	107
모래톱에 그린 사랑	80	종두득두(種豆得豆)	107

* 목차 *

석류 108

래프팅 109

사천노을마라톤 110

이 순간에 111

남매지 꽃 첫사랑 112

남매지에 핀 꽃 113

길 위의 인생 114

독백의 공간 116

작별(作別) 117

인연과 관계 118

손이 어때서 120

가을이려는가? 122

자아(自我) 123

일상(日常) 124

자물통 126

강가에서 127

애심(愛心) 128

산수유의 봄 129

지나고 나면 130

로또 한 장 131

파도 2 132

강물은 133

요행을 바라지 마라 134

올곧은 사랑 135

이젠 떠나리 136

신발 끈을 묶어라 137

떨어져 버린 풍경 138

마지막 잎새 139

종교를 보는 눈 140

'코로나 19'TAXI 141

세한지우(歲寒知友) 142

네가 고와서 143

'코로나 19'돌맞이 144

지켜가는 삶 145

봄비 내리는 날 146

행복하여라 147

느림의 미학 148

물같이 149

임이 좋아서 150

새재 옛길 152

그대의 옷을 입고 153

정녕 떠나십니까 154

지금 당장 155

연정(戀情) 156

호기심 157

온기(溫氣) 158

너 좋다 159

QR코드 스마트폰으로 QR 코드를 스캔하면
시낭송을 감상할 수 있습니다

본문
시낭송
감상하기

 제목 : 벗꽃의 속삭임
시낭송 : 박영애

제목 : 낙엽
시낭송 : 박태임

 제목 : 가을날
시낭송 : 최명자

 제목 : 자판기에 싹튼 사랑
시낭송 : 최명자

 제목 : 너의 의미
시낭송 : 최명자

 제목 : 어찌하오리까
시낭송 : 박영애

 제목 : 그 물에 그 밥
시낭송 : 박태임

 제목 : 피는 꽃 아름답고 지는 잎은 고와라
시낭송 : 박영애

 제목 : 그대를 기다리다
시낭송 : 박영애

 제목 : 잎새야 안녕!
시낭송 : 최명자

 제목 : 꽃잎 활짝 피었네
시낭송 : 박순애

 제목 : 비슬산의 참꽃
시낭송 : 김지원

 제목 : 쇠 굴뚝에 날아간 초가
시낭송 : 박영애

 제목 : 모래톱에 그린 사랑
시낭송 : 박영애

 제목 : 동강, 그 슬픈 역사가 흐르다
시낭송 : 최명자

 제목 : 독백의 공간
시낭송 : 박태임

 제목 : 지나고 나면
시낭송 : 박순애

 제목 : 올곧은 사랑
시낭송 : 박영애

 제목 : 신발 끈을 묶어라
시낭송 : 최명자

 제목 : 물같이
시낭송 : 박영애

시인은 자연을 이야기하고 시낭송가는 자연을 품었다
글자는 날개를 달아 언어로 날고 소리는 자연에 눕는다

벚꽃의 속삭임

그리움으로 그대를 기다렸다
꽃가지 새싹의 꿈이 돋치며
향기 뿜는 꽃망울이여!

백설이 난분분한 꽃가지 아래
붉은 미소 머금은 내 여인아
꽃길 따라 사뿐히 마주한
예쁜 그 모습 사랑스러워라

가로등 불빛 따라 사뿐사뿐
발걸음 내딛는 그 모습 정겹구나
설국의 밤은 빛나고
하얀 물결 따라 흐를 때
그 속삭임 또한 예뻐라

꽃잎 아름다운 멜로디로
합창하는 이 밤에
꽃바람 따라 내 마음 긋는다.

제목 : 벚꽃의 속삭임
시낭송 : 박영애
스마트폰으로 QR 코드를 스캔하면
시낭송을 감상할 수 있습니다

내 사랑 목련

봄바람에 살랑 녹아든
그리움이 몽우리 졌네

그대에게 아름다운 자태 뽐내려
희디흰 속살 사이로
순수한 사랑 빛 비춘다

곱상한 매무새 갖춘 채
미소 가득 머금고 있구나

그대의
활짝 열어젖힌 가슴에
내 사랑을 담으리.

피는 꽃 아름답고
지는 잎은 고와라

나의 임

내가 진짜로 좋아하는 임은
고운 향기 뿜어내는
순수한 임이어라

내가 진짜로 갈망하는 임은
떠오르는 태양처럼
강렬한 임이어라

내가 진짜로 사랑하는 임은
진주같이 영롱하게
빛나는 임이어라.

낙엽

초록빛으로 머물 줄 알았더니
너나없이 세월을 물들이며
떠날 채비 하는구나

진한 치장 할수록
나무는 더 아파야 하기에
작별을 고한 나뭇잎은
화려함으로 마지막을 장식하고
이별을 고한다

늘 청춘인 줄 알았던
나 자신도
세월의 흐름 속에 이와 같으니
아
아마도 우리네 인생이어라.

제목 : 낙엽
시낭송 : 박태임
스마트폰으로 QR 코드를 스캔하면
시낭송을 감상할 수 있습니다

가을날

작은 별은 나에게 손짓을 하고
초승달은 내 얼굴을 비치네

하늘가 높고 푸른 호숫물은
나뭇가지 이파리를 물들이고
안개 낀 유리창 편지지에
안부를 써놓습니다

계절은 쓸쓸히 저물어가며
아름다운 추억의 발자취를 남기며
못다 한 애정의 그림자를 깔아 놓습니다

나그네의 발걸음은 나릿나릿 가벼워지고
갈바람 소리는 저무는 언덕 너머로
말없이 떠나갑니다.

제목 : 가을날
시낭송 : 최명자
스마트폰으로 QR 코드를 스캔하면
시낭송을 감상할 수 있습니다

자판기에 싹튼 사랑

자판을 두드려 타닥타닥
내 마음 담아서
너에게 보내는 그리움
감출 수 없어요

봄바람에 너의 향기 품어와
나의 콧잔등에
나비처럼 살포시 내려앉아
날갯짓 포근함을
잊을 수 없어요

책갈피에 끼워 둔 단풍잎처럼
수없이 기다리고 헤아렸던
사랑이 머무른 시간
지울 수 없어요

행여 잊을까 또다시
자판도 따다닥 거리고
긴 여운에 몸속 깊이 서리는
사랑의 무지개를
보낼 수 없어요.

 제목 : 자판기에 싹튼 사랑
시낭송 : 최명자
스마트폰으로 QR 코드를 스캔하면
시낭송을 감상할 수 있습니다

피는 꽃 아름답고
지는 잎은 고와라

마음의 꽃

건네준 소박한 정성은
섬세한 너의 마음이었어

보내준 순전한 마음은
어여쁜 한 아름 꽃이었어

보여준 내 앞의 그 꽃은
참으로 고운 향기이었어

향기에 취한 나 그날은
더 가까이 가고 싶었어

이제는 햇살같이 다가가
소중한 너의 벗이 될 거야.

너의 의미

밝고 맑은 초롱초롱한 눈빛
가끔은 아주 가끔은
나의 가슴속에 커다란 여운으로
남기고 싶을 때가 있다

계절이 짙어가는 한 자락에 서서
아득히 바라보고 또 바라보고
온몸에 가시를 감고서도 피어날 수 있는
짙게 다가오는 너의 그림자

잠시 기억되어 사라지기보다
서로의 가슴속에 살아 활 활 피었다가
한겨울 눈밭 속에서도 줄지 않는
차가운 영혼이 되고 싶어라

그곳에 네가 있고
다시 그곳에 내가 있어야 하는
살아있는 우리 약속이나 한 듯
서로 끌어당기며
나의 속살이 스밀 때까지
함께하고 싶은 의미가 되고 싶어라.

제목 : 너의 의미
시낭송 : 최명자
스마트폰으로 QR 코드를 스캔하면
시낭송을 감상할 수 있습니다

15

피는 꽃 아름답고
지는 잎은 고와라

임과 함께

아리따운 이마와 얇은 입술
깜찍하고 발랄한 목소리가
내 귓가를 울려 퍼지는 임은
나의 마음을 설레게 합니다

이제 그리움 가슴 가득 안고
금방이라도 내 품에 안겨 올 듯
귓전에 들려오는 빗방울 소리는
임의 발걸음 소리입니까?

탐스럽게 익어가는 담 너머 사과가
나그네의 눈길을 유혹하듯
촉촉한 입술로 진실을 토로하며
내 마음 사로잡은 임
두 손 우러러 감싸 안고 싶어요

초롱초롱한 눈망울에
촉촉이 젖은 두 눈언저리
촛불의 곧은 심지로 밝게 비추어
내게 다가오실 임과 함께
못다 한 일들을 하나둘
모두 이루렵니다.

산들바람

산속 깊숙한 곳
바윗돌만 가득한
개울의 바위틈에
졸졸 흐르는 물
우리네 속살을 씻어주는구나

빽빽한 숲 사이
산골짝 어귀에
누군가 손짓하여 살랑살랑
산들바람 불어와
이마에 땀방울 식혀주는구나

산새 지저귀는
바위틈 물소리 따라
산들바람 가버리기 전에
여기 두 팔 벌려
너와 같이 잠들고 싶어라.

피는 꽃 아름답고
지는 잎은 고와라

어찌하오리까

가다가 가다가 어찌하오리까
짐이 무겁다고 버릴 수야 없지 않겠나

쉬어 가면 어떨까? 숨 한번 쉬면서 두 다리도 펴보고
가는 길 미련 없이 떠나가 보세

구름에 갇히고 굽이친 산길이라도
발 닿는 데까지 걸어나 보세

가다가 가다가 어찌하오리까
보일 듯 말 듯한 등(嶝) 넘어 재(岾)도 가다 보면 닿지
않겠나

멀다고 가는 길 멈춰 서지 말고
그냥 말없이 떠나가 보세

기쁨도 슬픔도 지나가면 그만인데
너는 어째서 용(勇)을 쓰지 않느냐

제목 : 어찌하오리까
시낭송 : 박영애
스마트폰으로 QR 코드를 스캔하면
시낭송을 감상할 수 있습니다

어차피 가는 길 걸어나 보세.

가을바람

바람이 불어온다
여인의 숨결처럼

어디서 오는지 몰라도
저 산, 저 벌판에서
새색시 입 맞추듯
보드랍게 다가온다

초록의 이파리는
바람을 감싸 안는다

햇볕에 그을린 나뭇잎
오색고름 덩실덩실 춤을 출 때
시샘을 못 이긴 바람도
질투를 한다

매캐한 소음 몰아내고
사과 향처럼

상큼한 내음
가득 실어다 주는 바람
먼발치의 산을 우러르며
어디서 오는 것일까?

피는 꽃 아름답고
지는 잎은 고와라

그리움의 향연

잔잔히 파고(波高)치는 너의 맘 나의 맘
밤하늘의 유성처럼 온누리를 비추었다
세월의 무게만큼이나 한껏 부풀어져
사랑으로 얽히어 한 획을 긋는다

즐거이 마주 보며 웃는 눈가에
아침이슬처럼 영롱히 빛나는 그대의 눈망울
잔잔한 호수에 달그림자 반사되듯
세상을 아름답게 가꾸어 주었다

마음은 어디라도 줄기차게 달려가련만
만나지 못하는 안타까움 쌓여만 가고
머물지 못하는 아쉬움에 애간장 태우며
그리움만 불꽃처럼 타오른다.

무심(無心)

가까이 있는 사람도 멀게 보이고
멀리 있는 사람도 멀게만 보인다

정이란 서로 주고받을 때
풀밭의 잡초처럼 무성하지 않으냐

한 잔의 술을 기울이면서
인생의 참회(懺悔)를 느낀다

오늘의 삶 그저 물질문명으로 따르는
삶이 한 가닥 실오라기처럼

무심히 떠다니는
한 조각 구름만 같아라

어서 빨리 오라고 손짓해 보지만
너는 바람 따라 흘려만 가는구나.

피는 꽃 아름답고
지는 잎은 고와라

가는 길

꿈을 안고서 오늘도 걷는다
해가 뜨고 달이 질 때까지 그 길을 간다

그 길은 멀고도 힘이 들지만
가는 이와 함께 울타리를 이루면서
위로의 말을 건네고 손을 잡아주면서
목적지를 향하여 갈 것이다

계절이 넘나들고 내 마음 어딘가에
안고 가는 무거운 짐
미지의 낭만 가슴에 가득 품고
산처럼 우직하게 버텨 나갈 것이다

지치면 끌어주고 기운을 북돋우며
우리가 원하는 고운 길을 갈 것이다

친구와 연인, 잘나고 못난이도
어깨동무하면서 강강술래 춤을 추듯
희열을 맛보며 행복의 노를 저어서
샛별이 다가와 미소 짓는 그때까지

비바람이 몰아쳐도 흔들리지 말고
묵묵히 아름다운 새소리 물소리 들으며
나비처럼 새처럼 허공을 가로질러
맑고 고운 향기로운 길을 함께 가 보련다.

한쪽 눈 가리면 안 될까요?

내 모습 가린다 해도
내 마음 꺾어진다 해도
한쪽 눈 가리면 안 될까요?

유월의 장미는 온데간데없고
새파란 줄기가
내년을 기약하자더군요

마음을 꺾으려면
누군가를 사랑해야 하고
애착을 가져야만 하는데,

앉을 자리 없는 고추잠자리
세워 놓은 자동차 주위만
맴돌고 있네요

한쪽 눈 감고서
먼 하늘만 자꾸 바라보다가
가로수 너머로 휘 날아가네요

가을을 속삭이듯
구름 속으로 날아간 고추잠자리
보이지 않네요.

23

피는 꽃 아름답고
지는 잎은 고와라

길

하늘에는 길이 끝이 없다

그 길을 많이 가지려고
세상 안에는
아옹다옹하고 있다

구름과 바람과 비가
그들의 다툼에 못마땅해
얄밉게 비켜 서 있다

누구의 편도 들지 못한 채
그저 침묵으로 흐른다

곳곳에서 날이 갈수록
길에 대한 애착이 심해진다

삭발하고 투쟁을 하고
외쳐 대지만
꽉 다문 하늘의 길은
열릴 줄 모르네

세월이 흐르고
구름이 바람을 몰고 가
어디든 비를 뿌릴 때
비로소 그곳에
하늘의 길이 열릴 것이다.

갈대

흔들어 주어라
살포시 흔들어 주어라
가을바람이 찾아오거든
발 벗고 몸까지 흔들어라

산자락 햇살에 물든
한 떨기 들국화
갈대 속에 숨어 피었네

언덕바지에서 물결치며
손 흔드는 너의 자태에
조그만 가을살이
새 살 돋듯 솟아오른다

물 버짐 냄새 풍기는
맨살로 산바람의 속살을 풀어헤쳐
탱자나무처럼 시퍼렇게
가슴만 설렌다.

파도

너를 임이라고 부르겠다

거친 풍파 헤치고 내게로 달려오는 너는
꿈 마차처럼 하얀 꿈을 싣고 오려나
울렁거리는 나의 마음은
가슴 조이며 먼 산을 본다

은빛 모래밭에 내 이름자 새기면
너는 추억의 그림자를 밟듯이
내게 다가와 속삭였지

사랑한다고 철썩거리며
다정한 친구처럼 가까이 다가섰지
파란 물결 넘실거리며 다가와
내 이름자를 지워 버리곤 했지

밀려왔다 멀어져가는 너의 뒷모습이
오랫동안 사귀어온 친구 모습처럼 다정히도 보인다
우정의 회오리를 그리면서 철썩거리는
파도 소리 깊어만 가는구나.

가을바람아

공원에도 바람이 분다

오가는 기척 소리에
바람의 속살도 풀어 놓는다

낙엽들이 바람에 날리어 춤을 춘다
살랑살랑 나풀나풀

고추잠자리 내려앉는다
낙엽의 걸음이 빨라진다

예상치 못한 돌개바람에
이웃을 만난 기쁨은 잠시

낙엽을 몰고 간
저 바람이 야속하여라.

피는 꽃 아름답고
지는 잎은 고와라

바위

이름 없는 바위는 오늘도
묵묵히 뚝심 하나로 버틴다

찾아오는 이 아무도 없고
그냥 산기슭 한쪽에 버려진 채
홀로 고독하게 세월을 보낸다

이름난 바위는 거만한 자태로
많은 인파를 몰고 와 자기를 뽐내며
이름값을 톡톡히 하고 있다

장삼이사(張三李四)의 바위들
비와 바람에 깎이는 대로
몸을 맡겨 수양해 보지만,

그 뜻을 이루지 못한 채
무명으로 한세월 보내는구려.

가을 산행

잎사귀에 사르르 꽃물이 들 때
한 마리 솔개처럼 가을 산을 날아오르고 싶다
어머니의 젖가슴처럼 봉곳이 솟아오른 능선을
알록달록 호숫물 여울지듯 뻗쳐가네요

숲속의 산새는 숨바꼭질하자 하고
옹달샘은 가슴 풀어 목 축여 달라 껴안고
나뭇잎은 황홀함에 눈을 감으라는데
갈 길 재촉하는 발걸음만 나귀처럼 타박거리며
저 산마루에 메아리치네요

새파란 하늘에 봉우리마다 새털구름이
솔가지와 두 손 잡고 집을 짓는 금빛 가득한 가을 산에
재잘재잘 정을 꽃 피우니 개울물에 비친 님의 뺨도
석류 빛처럼 발갛게 물들어 가네요.

피는 꽃 아름답고
지는 잎은 고와라

연분홍 몸짓

시리도록
맑은 하늘
연분홍 꽃길 따라

따사로운
가을 햇살
눈부신 입맞춤에

그냥 폭
빠져버린
꽃향기에 취한 여심

코스모스
하얀 춤
더 곱게 추던 날

오롯한
여인의 몸짓
황홀하여라.

불

어디서 왔을까?
가까이 또는 멀리까지
열기가 전해진다

얼마 후 잦아든다
순식간 타오르다 꺼지는 것이
그의 속성이리라

첫사랑의 뜨거운 마음도
강렬히 타오르는 열정도
지펴진 한순간 강렬히 타오르다
시간이 지남에 식어가고
재를 남기고 사그라진다
그을린 흔적을 남기고

타다가 꺼졌다가
타다가 꺼졌다가

자꾸만 찾아다닌다
평생에 걸쳐 이루어진다
운명이 그러하기에

그는
고독해야 하고, 평온해야 한다
그래야 지핀다.

피는 꽃 아름답고
지는 잎은 고와라

그 물에 그 밥

나는 원하지 않는다
더 새로운 것을 바라고 있는데
그 물에 그 밥

아니 뭔가 잘못된 건 아닌가?
그 물에 그 밥

좀 더 생각해 보자
나물이라도 얹혀야 하지 않겠니
그 물에 그 밥

인생은 짧다지만
그 물에 그 밥이라니
잘 일어나 세수하고 밥 잘 먹지만
그 물에 그 밥에서
살아야 하는가?

두 눈 크게 뜨고
팔 굽혀펴기라도 한번 해 보자

세상은 아름다운 곳
그 물에 그 밥은 아니지 않나.

제목 : 그 물에 그 밥
시낭송 : 박태임
스마트폰으로 QR 코드를 스캔하면
시낭송을 감상할 수 있습니다

피는 꽃 아름답고 지는 잎은 고와라

고운 나뭇잎 두 잎 따다
너 한 잎, 나 한 잎

빈 호주머니에 넣고
타박타박 숲길을 걸어간다

너는 그리움을 넣었고
나는 사랑을 넣었으니

그리움은 나를 보고 싶었고
사랑은 너를 품고 싶었다

지나온 길 뒤 돌아보니
떨어진 낙엽만큼 추억이 쌓였네

벙글대는 꽃 곱기만 하다
이렇게 아름다운 숲길 걷노라면

너는 노란 꽃 되어 피고
나는 붉은 잎 되어서 진다

너울대는 꽃길을 걸어가 보라
피는 꽃 아름답고 지는 잎은 고와라.

제목 : 피는 꽃 아름답고
　　　 지는 잎은 고와라
시낭송 : 박영애
스마트폰으로 QR 코드를 스캔하면
시낭송을 감상할 수 있습니다

삶의 안전띠

노랗고 붉게 물든 이파리에
가을비 촉촉이 적시는 날
안전띠 동여매고 시동을 건다

내리는 비는 골목의 흙먼지를
채 어둠이 스며들기 전
가장 낮은 곳으로 데려간다

그의 속력은 칼바람 대하듯 빨라지고
시야에 들어오는 가로수 잎들이
바람결에 흩날리며 떨어질 때,

옆 백미러에 모습을 드러낸
청춘 남녀의 얼굴이 반사되어
브레이크를 밟는다

사랑이 식지 않는 빨간 능금처럼
서로의 이빨을 드러내며 웃는 모습이
한 쌍의 앵무새였다

한방에 보금자리 새장을 부둥켜안은 기분으로
한밤에 보내오는 음악을 삼키며
희끗희끗한 목적지를 향하여 신나게 달린다

동여맨 안전띠 길게 늘어져
온 도시를 휘감을 때
그제서야 긴 한숨을 내몰아 쉰다

밤의 정적은 깊어가고
창밖의 빗방울은
아직도 추적추적 내리는데.

피는 꽃 아름답고
지는 잎은 고와라

버드나무

사랑, 그리움, 그리고 침묵,
모든 것이 뒤범벅되지만 난 괜찮습니다

우리가 어릴 적 모든 것을 내놓았듯이
나이가 들어도 그 마음은 변치 않는다는 것을 느꼈습니다

그에 따른 운명의 결정으로 조그만 상처들이 많았지만,
그것은 밟고 지나간 작은 돌멩이에 불과합니다

청춘은 아쉽기도 하지만 하나의 추억으로 남습니다
모든 이들은 잘 다듬어진 바윗돌이 되고자 수많은 세월 동안 단련
합니다

저의 소신은 초지일관(初志一貫) 역지사지(易地思之)입니다
부족한 부분은 많지만 노력하려고 합니다

오늘의 삶이 즐겁도록 하늘을 우러러 맹세하지만,
남들은 어떻게 생각할지 모릅니다

나무 작대기 같은 성격도 세월의 힘에 겨워 유들유들해지고
부러뜨리면 그 방향으로 쏠리는 차라리 버드나무가 낫습니다.

그대를 기다리다

빗임이 오는 날이면
빗방울 따라 그대가 오시려나

바람이 부는 날이면
바람결 타고 그대가 오시려나

구름이 끼는 날이면
구름을 비집고 그대가 오시려나

해님이 비치는 날이면
붉은 미소로 그대가 오시려나

그대를 기다리다 기다리다
오늘도 문밖을 서성거렸습니다

사랑한다는 말보다 그립다는 말보다
보고 싶다는 말을 더, 하고 싶었습니다

하늘이 참 맑은 가을날에는
그대가 더 보고 싶어집니다

사랑은 이유 없이 그냥
보고 싶은 것인가 봅니다

그대도 그러하시나요?

제목 : 그대를 기다리다
시낭송 : 박영애
스마트폰으로 QR 코드를 스캔하면
시낭송을 감상할 수 있습니다

피는 꽃 아름답고
지는 잎은 요와라

국화꽃 향기

어머니의 품속같이 포근한
가슴 한가운데 아기의 잠든
얼굴 같은 국화꽃

여인의 젖가슴처럼
두리뭉실한 노란 꽃송이
향내가 나네요

콧잔등 속으로 스며든 내음
찡하게 울리니 활짝 핀 얼굴
보름달 같네요

송이송이 별빛 가득 담기고
여인의 숨결이 스며들 때
양귀비와 꿈속에서 헤맨다

꿈의 세상에 아름다운 꽃 필 때
갈바람 소리와 향기에 취하여
이 밤을 지새운다.

은행나무

노랗게 물든 가로수 길
가을비 흠뻑 적시니 노랑 잎 우수수
바람결에 떨어져 낙엽 되어 날리네

가을이 여물고 노란 열매가
송알송알 매달려 안간힘 써보지만
서릿발에 힘겨워 그만 두둑 떨어진다

구릿한 뒷간 냄새 하얀 알갱이
파란 속살 드러내어 오들거리자
사람들의 굴레로 그만 속 들어간다.

잎새야 안녕!

가야 할 때 떠나는
뒷모습이 아름답다

풀코스 완주한 마라토너처럼
보기엔 화려하고 좋아 보여도
보이지 않는 그 속에
아픔이 있었으니

이별의 손수건 휘날리며
땅 위에 떨어진 모습 애잔하다

너를 사랑하기에
더는 미련 두지 말자고

먼 길 떠나간다
붉고 노란 맘
가슴에 가득 안고서

잎새야 안녕!

제목 : 잎새야 안녕!
시낭송 : 최명자
스마트폰으로 QR 코드를 스캔하면
시낭송을 감상할 수 있습니다

팔공산 갓바위

팔공산 관봉 갓바위 미륵이
숨을 헐떡이며 돌계단을 오르는 나에게
어서 오라고 방긋이 웃으며 손짓하는구나
전생의 업보를 헤아리지 못해
그곳으로 발길을 돌린다

거대한 바윗덩이가
부처의 모습을 드러내고
무념무상(無念無想) 무소유(無所有) 마음의 여유만이
풍족함을 느끼는 그곳이 세상의 중심이어라

전국에서 몰려든 고3 수험생 부모들은
한결같이 수능시험에 집중하고
아들, 딸 잘되라고 수없이 절을 하고
소원성취하려고 빌고 또 빌지요

나는 이렇게 과욕하지 않고
그저 한세상 더불어 살아가는 우리네 인생
뜻깊게 보내고 무탈하게 해 달라고
말하고 싶다. 나무관세음보살

천수경, 반야심경, 염불 소리 들리고
어느덧 산천의 해는 기웃기웃
그곳은 신비로움이 물들고
엎드린 불자들의 속마음 알아주네요.

피는 꽃 아름답고
지는 잎은 고와라

겨울로 가는 계곡

마른 산길을 따라 올라가면
가을날 추억에 흥건히 젖은 계곡 물속에
송사리 떼들이 나들이를 나선다

계곡의 폭포수는 작은 물줄기로 변하고
떨어지는 낙엽을 맞아들이며
동면(冬眠)으로 치닫는다

바윗돌 징검다리를 건너가자니
세월이 오가는 풍경이 그윽하게 비치는데
얼굴엔 주름살이 활짝 펴졌네요.

낙엽아

날려라. 멀리멀리 날려라
어여쁜 너의 자태 금시원색(今時原色) 변하여
새색시 춤을 추듯 날려라

춤바람 난 갈바람 따라
허공에 너풀거리며
곡예사처럼 광대춤을 추는구나

한 점 바람도 맥없이 넥타이 풀고서
하나둘 떨어지는 낙엽에
새들이 등을 스친다

둥지를 잃을까 봐 노심초사(勞心焦思)하지만
남쪽 먼 나라로 날아가 버리면
나 아니 눈물 흘릴 거나?

43

가버린 사랑

낙엽처럼 쓸쓸히 바람결에 날리다가
어느 비탈진 구석에 수북이 쌓여
자취도 남기지 않고 가버린 사랑이여!

긴긴날 그리움에 배어 옷깃이 젖고
찬바람 서리에 차가운 시선(視線)만이
나를 꽁꽁 묶는다

그 끈을 풀기 위해 안간힘을 쓰고
구렁텅이에 허우적거리다가
사각의 모서리를 딛고 겨우 일어선다

그저 냉가슴만 앓고 기억의 저편에서
사랑이 무엇인지 아픔을 베어 물고
가슴 풀어헤쳐 먼 길을 떠나간다.

안개비 젖은 메타세쿼이아

젖은 날 인적 없는 메타세쿼이아
저기 저 끝에는 누가 있을까?
마음의 임을 찾으려
그곳으로 발길을 돌려 본다

빗물 머금은 길, 섶다리는
가는 발걸음을 멈추라는데
흥건히 젖은 있는 나뭇잎들은
길가 모퉁이서 울고 있누나

안개비 촉촉이 스며드는 날
하얀 우산을 쓰고 미소 짓는 여인아
목매어 기다리는 사슴처럼
빠끔히 내민 네 모습이 어여쁘다

이런 날 난 우산을 받쳐주고
넌 친구 되어, 걸어가 보면 어떨까?
하얀 눈 소복 쌓인 겨울날에는
오롯이 눈길 걸어가 보면 어떨까?

피는 꽃 아름답고
지는 잎은 고와라

눈 오는 날

천공(天空)에서 하얀 솜이
찬바람에 날리면서 풀풀
그윽한 기다림에 가슴을 적셔요

하얀 눈 소복소복 쌓이노라면
세상의 온갖 고뇌 묻어 버리고
천사의 마음에 기쁜 눈물 흘려요

펼쳐진 하얀 도화지 위를
사뿐사뿐 남기는 임의 발자국에
행복의 밑그림을 그려 보아요

백설을 맞는 기쁨에
두 팔을 벌리고 날갯짓하면은
무지개 피어나듯 꿈의 향연 드리워요

어느새 얼굴 웃음꽃 되어
기쁨과 소망이 듬뿍 배어 흐를 때
행복의 바구니에 가득 담아요

온 세상에 평화의 종소리가
하얀 눈 되어서 메아리쳐 들려오면
사랑이란 선물로 쌓여만 가네요.

46

폭설이 내린 날

세상이 밤새 남극으로 변했다
길은 마비되어 뒤뚱거리는 펭귄들은
두더지 길로 몰려든다

땅속 두더지 전동차는
신이 난 듯 먹잇감을 물고서
줄달음을 친다

정거장마다 먹잇감이 수북수북
큰 입을 헤헤 벌리고
숨도 쉬지 않고 삼켜버린다

배가 불러 콧노래도 부르고
암흑을 질주하며 삼킨 먹이를
토해냈다 주워 먹기를 십수 번

나는 오늘 폭설이 내린 날
점잖은 먹잇감이 되었다가
겨우 탈출했네.

피는 꽃 아름답고
지는 잎은 고와라

새해를 맞이하는 기도

사랑을 줄 줄도 받을 줄도 아는
사람이 되게 하소서!

힘들 때 용기를 고통 속에 기쁨을
어둡고 괴로울 때 소망을 주시고

눈물 속에 행복이 무엇인가를
진정으로 깨닫게 하시고

때로는 내 마음에 가시를 주어
잠든 영혼을 깨워주시고

일상 속의 무탈함에 감사할 줄 알고
사랑의 속삭임이 입술로 닿게 하시고

미움으로 공격하는 사람을 통해
너그러운 사람이 되게 하시고

남의 잘못을 용서할 줄 알고 품어 줄 수 있는
하해와 같은 마음을 갖게 하시고

악한 생각에서 멀리 떠나 범사에 감사하며
진실한 사람으로 살아가게 하소서!

펄떡거림의 미각

바다 내음을
가득 싣고 온
어구 속에
비린내 나는 바닷고기

펄떡거리는
경매시장에 펼쳐져
경매사의 빠른 손놀림에
목청을 치켜세우고
시장에 활기가 피어난다

수족관 속에서
입을 딱 벌리고
쳐다보는 놈은
이날이 생명의 마지막인 줄
이제야 알았을까?

물살 일으키며
용을 쓰지만
한 움큼 손아귀에
포로가 되어
나그네의 미각만 돋군다.

피는 꽃 아름답고
지는 잎은 고와라

가습기

나의 뱃속에는 물만 가득 차 있다
공기가 건조하면 물을 토하면서
뱃속에 꼬르륵 트림해 가면서
한 맺힌 말들을 세상 밖으로 솔솔 내뱉는다

적막하고 고요한 자정 무렵이면
배가 고파 꼬르륵
천덕꾸러기 신세 면하려면
물과 같이 친구가 되어야 하지요

뱃속을 들다 보면 몇 바가지의 물이
내 몸 전체를 감싸 안고 있어요
계절이 바뀌는 환절기 시절에는
나를 찾는 사람들이 많지요

건강의 방패막이도 호흡기의 수분 조절도
알아서 하니까 나를 좋아하지요
밤새껏 먹은 물 내뿜으며
동지섣달 기나긴 밤 하얗게 지새웁니다.

침묵

금력과 힘의 논리에
정의와 진실이 묻혀버린
서글픈 현실

약자의 짓눌린 아픔
그들의 눈빛은 부르짖는
침묵의 절규

가면의 껍데기를 알고도
차마 던져버리지 못하는
불쌍한 인간

거짓의 치장에 놀아나며
진실마저 외면하는
가련한 인생

순리를 외면하다
서서히 설 자리를 잃어가는
오만함의 말로.

피는 꽃 아름답고
지는 잎은 고와라

뒤안길

뒤를 돌아본다
너무나 현실에 치이다 보니
바위틈만큼의 틈도 보이지 않는다

천 번을 써야 할 시
고작 몇 번 흐느적거리고
말 거라면 먹물을 뿌리지 말 것을

이것이 나의 인생인가?
하루 한 번만이라도 뒤돌아보아야
채울 수 있는 자양분을 찾겠지

자유의 수호신이
횃불을 치켜들 듯 내 인생의 뒤안길도
어둠 속의 골목길을 걷고 있지만

등불처럼
나그네의 길을 비추면서
한 가닥 비단실을 풀어 놓는다.

봄이 오는 소리

사부작사부작 봄이 오는 소리
땅속 지렁이도 봄기운에 춤추고
양지바른 곳부터 햇살을 드리우고
울타리 넘어 봄빛이 스민다

마른 수풀 사이로 참새가 폴폴
강물도 파랗게 웃음 지며 흐르고
얼었던 연못에도 얼음이 스르르
봄이 오는 소리가 들린다

맨살의 나뭇가지 바람을 껴안고
목련꽃 몽우리 송이 맺히고
버드나무 가지는 움을 트고 싶어
봄볕에 기대어 바람에 흔들거린다

빵빵거리며 오가는 승용차 안에는
햇살이 차창을 파고들어 얼굴이 볼그레
입춘 길목이 확 트이니 눈빛이 빛나고
따스한 햇볕에 생기가 솟아난다.

피는 꽃 아름답고
지는 잎도 고와라

봄날의 밤

밀물처럼
적막과 침묵이 쌍벽을 쌓고
도로의 가로등 불빛은
별꽃처럼 수평으로 줄지어
팽팽한 긴장감 속에
까만 밤을 밝히는데

봄비 쓸쓸히 내린 뒤
황량한 하늘은
잿빛으로 물들이고
술래 된 반달과 작은 별은
감감무소식이구나

공원 꼭대기 타워는
등불을 밝히고
사랑의 보금자리 성들은
오색찬란하게
불야성을 이루는데

봄을 맞은 밤공기는
신발 벗은 듯 숙연하고
바람도 잠 못 이뤄 쉬어가려고
불빛 비친 호수 언덕바지로
홀로 거니는구나.

운해(雲海)

먼 산을 내다보니
하늘의 반이 바다를 이루었다
다도해가 따로 없구나

바로 여기가 지척의 다도해
짙게 그린 섬들의 황홀한 곳
그곳에 가고 싶다

돛단배 타고 노를 저으며
섬 한 바퀴 돌아보자

등대가 빤히 보이는데
저기 불빛 속에
구름이 드리워져 누워 있구나

운해를 가로지르며
변해가는 물결 따라
섬엔 꿈과 낭만이 가득하려나

구름이 걷히고 나면
묵묵히 버티고 있는 저 산봉우리
자연의 모습으로 돌아가겠지.

피는 꽃 아름답고
지는 잎은 고와라

커피 한 잔

앞산 카페거리엔 커피숍이
책장의 활자처럼 널려 있다

그곳엔 젊음과 여유가 넘쳐나고
도시의 문화가 꿈틀댄다

커피 한 잔에
사색이 감돌고 엔도르핀이 솟고
오감이 전등을 밝힌 듯이
온몸에 비춰든다

이곳은 일과 중
보고 듣고 맛보고 느끼고
인생의 고운 항아리 속같이
새로움을 창출하는 별천지 같다

커피 한 잔
어떤 이는 카페인이 들어서
중독이라 여기지만
나에겐 생기를 불러온다

하루의 지친 몸과 복잡한 생각을
한줄기 소낙비처럼
말끔히 날려 보낸다.

일심(一心)

임은 나의 매듭이었나요
질기고 질긴 백양 천으로
내 마음 얼기설기 묶어 놓고서
역동서원 산바람 허리에 두르고
터지지 않는 끈이 될래요

임은 바람 따라오시나요
상큼한 꽃향기 듬뿍 실어서
내 가슴 깊숙이 불어올 때
하늘의 새털구름 헤집고
한 마리 새가 되어 날아오세요

임은 누굴 기다리나요
처마 끝 빗물 슬픔 되어 떨어지고
돌담에 핀 민들레의 수줍음을
밤바람이 곱게 잠재우는데
자꾸만 그리움을 불러오네요

임은 우물처럼 맑았습니다
내 얼굴, 네 얼굴 그대로인데
인연은 자꾸 부대끼며 가고
옷깃의 숫자 늘어나 즐거움 더하니
꿈처럼 아름다운 날의 연속이네요.

피는 꽃 아름답고
지는 잎은 고와라

봄날의 산행

길섶에
나란히 줄지어 선
이름 모를 풀꽃들이
너와 나를 반기며 방긋거린다

봄 햇살이
아! 봄이다! 하고
고개를 기웃거리자
수풀 사이로 산새가 포르르 짹짹
아지랑이 잠에서 깨어난다

타박타박
산길 걸어가는 발걸음
오르막 낑낑 손을 잡으니
내리막 폴짝 사랑이 여문다

정상에 다다르자
산마루엔 솔 향기 솔솔
산바람 타고 콧등에 향기가 배긴다
아! 봄이다 하니
바위도 벌떡 함께 외친다.

그리움

가시듯
보내어도
다시 품는
그리움이여!

그리다
그리려다
못 다 그린
임 얼굴

임 향한
붉은 가슴에
못 다 부른
그 노래

봄바람
꽃향기 실어
내게
오시렵니까?

피는 꽃 아름답고
지는 잎은 고와라

기다림

누군가를 가슴에 담고
누군가를 그리워하고
누군가를 기다리는 마음은
참으로 행복한 일입니다

어느 날 슬쩍 마음을 주고
행여 무슨 일이 있을까
가슴 조이며 궁금해하는 것도
사랑하기 때문입니다

무심코 주고받은 흔적이
슬며시 부메랑 되어
마른 가슴에 되돌아올 줄은
차마 몰랐습니다

그냥 지켜만 보아도
말하지 않아도 눈빛만으로
바보처럼 멍해지는
이 순간이 행복합니다.

꽃잎 활짝 피었네

삽지껄에
봄비 내려 숨죽이듯
아침 햇살에 꽃잎 활짝 피었네

아! 눈부시도다
그토록 곱디곱게 피려
바람도 마다하고 남의 애를 태웠니?

첫눈에 반한 나
너에게 반하여 온종일 멍하니
너 생각만 하였네

벌들이 놀다 간 자리에
향취가 묻어나고
아름다운 꽃잎이 반짝거리네

얼른 너에게 가야겠다
꽃샘바람에 혹시나 파르르
떨고 있을 너

내 너를 가까이 두어
밤낮 서로 마주 보며 이야기하자
사랑 얘기 사랑 얘기를.

피는 꽃 아름답고
지는 잎은 고와하

포도주

오랜 시간
더듬어서

차곡차곡
쌓은 추억

그래 그건
사랑이야

입 맞추라
임의 잔에

달콤한
내 사랑

가득 담아
주리니.

비슬산의 참꽃

계절이 지고선 피고 사월이면
인생의 강을 건너온 한 무리의 꽃들이
저 산자락에 붉은 띠를 두르는구나

구름이 걸쳐서 가고
달이 뜨고 별이 노래하는 곳

실개천이 음을 풀어놓고
인생이 흐르고, 낭만이 흐르고,
젊음이 머무는 곳

꽃잎이 웃음 짓고
아름다운 풍경소리 들리는구나

꽃가지 품에 안고 돌고 돌아
뉘에게 전해 줄꼬?
인생은 가고 오고 바람결에 새소리만

군락지의 꽃잎은 첫사랑이 그리워
붉은 얼굴을 하고
내게로 자꾸만 하얀 손을 흔든다.

제목 : 비슬산의 참꽃
시낭송 : 김지원
스마트폰으로 QR 코드를 스캔하면
시낭송을 감상할 수 있습니다

피는 꽃 아름답고
지는 잎은 고와라

꽃들의 뽐냄과 호박꽃

꽃들이 모여서 저마다 뽐을 낸다

장미꽃은 날카로운 바늘을 지녔다고 새침하게 말한다
채송화는 앉은키는 작아도 흙과 사촌 간이라고 으스댄다
해바라기는 늘 상 허리 굽혀 인사해서 고개 숙여 쑥스러워한다
국화꽃은 고개를 빳빳이 쳐들고 싱긋이 웃어댄다
개나리는 나 잡아보라 하면서 약 올리고 달아나 길게 늘어선다
호박꽃은 하늘과 맞닿은 지붕 이엉에 걸터앉아 손뼉을 친다

모두가 제 자랑에 취하는데
호박꽃은 담벼락 위로 목줄을 탱탱 감아서
못생긴 얼굴을 감추려 안간힘 쓰는데
다른 꽃들은 무시하고 짓밟는다

사방이 고요한데 손님이 찾아들어
벌과 나비들이 잔치를 벌이고 있으니
호박꽃은 수더분하고 마음씨가 고와
자식 농사는 잘 짓는다고 소문이다

계절이 익자 누렇고 달덩이 같은 호박이
돌담 위에 덩그러니 앉아 무게를 잡으니
그제야 부스스해진 다른 꽃 친구 하자 하고
마음씨 좋은 호박꽃 입 벌려 웃는다.

오월의 공원

이팔청춘 소녀의 오월이 달려온다
긴 머리 찰랑찰랑 상큼한 내음 풍기며
환하게 언덕길 위에 빛난다

공원에 핀 꽃들은 순박함을 드러내고
솔잎의 송홧가루는 저 바람에 날리는데
벤치에 기댄 사랑의 연인들은
한 폭의 그림이어라

싱그러운 햇살은 푸름을 더하고
짙게 거스른 얼굴은 사랑으로 농익어
한 송이 장미꽃으로 피어나리라

연인들의 사랑은 밀알이 영글듯
빼곡히 가슴 한복판에 익어가지만
공원 길가에 한 마리 수컷 새
횡설수설 구애하며 남의 애를 태우니
그 가락만큼은 황홀하여라.

피는 꽃 아름답고
지는 잎은 고와라

아카시아꽃 필 때면

오월이면
동구 밖 골짜기에
향긋한 향기가 소식 띄우면
바람처럼 그곳에 달려가 봅니다

꿀단지 주렁주렁 매달고
짙은 향기를 뿜는 너
너에게 반하여
벌과 새들이 향기에 젖고
바람도 유람합니다

향기에 파묻힌 어느 날
아카시아꽃 만발할 때
나의 첫사랑도 꿈틀거리며
꽃향기에 취했나 봅니다

꽃잎 따다가 입에 물고
사랑이란 단어를 향기처럼 풀어놓으며
벌들이 온몸으로 꿀을 감싸 안듯이
지난날의 사랑이
아련한 추억으로 뒤척입니다.

갈매기 넘나들고

어촌의 평온함은
사람들의 순수함이어라
해변의 모래사장은
파도에 할퀴어
윤기가 흐른다

어미 갈매기가
먹이를 구하려 날갯짓하다가
물고기 한 마리 물고서
어린 새끼 곁으로
훠이훠이 날아간다

바닷가 내음 풍기고
어선이 구름 속에서
나타났다가 사라지니
머리 위 갈매기는 황혼을 따라
그림자만 드리운다.

피는 꽃 아름답고
지는 잎은 고와라

옛길 등잔봉에서

나 여기에 오른 것은
그대가 보고 싶었기 때문입니다

나 여기에 머무름은
그대의 숨결을 느끼기 때문입니다

나 여기에 서성임은
그대가 기다렸기 때문입니다

어쩌다 여기서 그대를 만나면
헤진 가슴 젖히며 치맛자락 펄럭이는
그대의 사랑이 애달프옵니다

괴산호에 떠도는 황토 배 바라보며
맑은 물에다 마음을 퐁당 빠뜨리면
그대는 나를 깨끗이 씻어줍니다.

* 등잔봉: 충북 괴산 산막이옛길에 있음.

인생

달은
하나인데
보는 사람 많구나

저마다
어떤 마음에
저 달을 볼까?

밝게
미소 지으며
내게로 왔다가

포근히
감싸주고 사라지는
저 달처럼

삶도
사랑도
둥글고 둥글게

한세상
그리 살다
사라져 가려무나.

피는 꽃 아름답고
지는 잎은 고와라

덩굴장미의 사랑

가이아의 몸은
수직으로 벌겋게 달아올랐다
태양은 직사광선을 토하고
담벼락도 붉게 탄다

저것 봐라!
가시 손 얼키설키 뻗치며
만삭의 담벼락을 타 넘고 있어
파란 이파리 넘실거리고

새빨간 낯짝으로 웃음 짓는 장미
입술도 빨갛고, 볼기도 빨갛고
빨갛게 물들인 여인처럼
유혹하는구나

정열의 꽃이여!
지나가는 연인들아, 키스해 주렴
다리맵시 팔랑거리며 달려와 주렴
내게로 와 사랑 얘기 사랑 얘기
불타게 하자구나.

* 가이아: 그리스 신화에 나오는 땅의 여신

파란 수평선

파란 물결이 실바람 타고 내게로 와
바윗돌에 부딪히며 하얀 거품을 일으킬 때
하얀 가슴속에서 새로움을 발견한다

뭉클하게 피어오르는 여름날의 꿈
시들지 않고 영원히 간직할 수 있는 추억
수평선의 꿈은 한없이 넓고
모든 것을 다 담아도 채우지 못한다

갈매기 울고 가고 뱃고동 울리고
임을 기다리는 등대만이 자리를 지키는데
넘실거리는 물결만 한 걸음씩 파고를 몰아
다시금 내 곁에서 철썩거린다

멀리서 조각 방울이 하나둘 모여
고기떼처럼 몰고 와 절벽에 부딪히고
꿈을 꾸었다가 산산이 부서지고
또 새롭게 단장하고 후드득 떨어진다

찰나의 순간도 수평선은 인생길처럼
굽이굽이 물결치며 나의 동반자 되어
시원한 음료처럼 갈증을 풀고 멀어지는 그대
다시 올 거라 기다리며 오늘이 간다.

피는 꽃 아름답고
지는 잎은 고와라

쇠 굴뚝에 날아간 초가

은빛 모래 바닷가 수평선 끝자락에
점하나 돛단배 구름 따라 흘러갔네
푸른 솔밭 사잇길 초가지붕 옛터는
쇳가루 굴뚝 연기에 사라져 갔었네

바람결에 목 놓아 울어버린 갈대는
가는 임 서러워한 이별의 노래였네
솔밭에서 백사장에서 뛰놀았던 아이는
흘러간 세월 속에 망향가를 불렀네

꿈에도 잊지 못할 아름다운 옛 고향
모래알처럼 흩어진 그리운 사람들아
돌아갈 수 없었나? 만날 수가 없었나?
그리움의 숱한 날 이젠 그만 잊을까

무리 지어 날아가는 밤하늘의 기러기야
세월 속에 잊혀간 동무 소식 전해다오.

 제목 : 쇠 굴뚝에 날아간 초가
시낭송 : 박영애
스마트폰으로 QR 코드를 스캔하면
시낭송을 감상할 수 있습니다

* 유년시절 사라져버린 옛 고향(현 포항제철소 자리)

머물던 사랑

그대 사랑 내 사랑
내 곁에 머물러 준 사랑이
너무나 행복하였죠

속삭이던 별들도
은하수 물결 따라 가물가물
멀어져만 가네요

차올랐던 달빛에
머물러 부풀었던 그 사랑은
그림자만 남기네요

내 곁에서 머물렀던
그 사랑 그리움만 남기고
말없이 떠나가네요.

피는 꽃 아름답고
지는 잎은 고와라

가슴으로 사랑하자

사랑하자
사랑하자
가슴으로 사랑하자

나의 사랑도
너의 사랑도
가슴으로 사랑하자

받는 사랑도
주는 사랑도
가슴으로 사랑하자

보는 것은 잠시
품은 것은 오래
가슴으로 사랑하자

하늘이 주신 것
받아서 주는 것
가슴으로 사랑하자.

한 소나기

한 소나기 오겠다

하늘은 금세 먹구름으로 뒹굴고 천둥소리 요란할 제
빗방울이 따다닥 도깨비방망이 치듯이
갑자기 멈췄다가 또 내리퍼붓는다

금세 도로는 물바다를 이루고 고인 물은 갈피를 못 잡아
시장 보러 가다가, 볼일 보고 오다가, 버스 타고 내리다가,
모두가 허겁지겁 물 위를 걷는다

우산은 바람에 반쯤 뒤집히고
몸은 허공에 뜬 것 같이 혼비백산이 되어
이리저리 걷는 모습이 빚쟁이에 쫓기는 사람 같다

돌담에 속삭이듯 개미 떼만 부지런히 짐을 나르고 있는데
한 소나기 퍼붓고 나면 골목의 묵은 때 말끔히 씻겨내고
말간 하늘을 보여주겠지?

피는 꽃 아름답고
지는 잎은 고와라

여름 한낮의 거리

여름 한낮의 태양은
벌거숭이처럼 강렬하다
지열은 달아올라 숨을 헐떡이고
걷는 이의 발바닥에 땀이 솟는다

가로수는 엎드려 그늘을 드리우고
태양의 등줄기에 달려드는 땡볕은
무법자처럼 이 거리 저 거리로
강하게 드나든다

돌개바람처럼 질주하는 차들은 뜸하고
삼복더위에 도시의 풀잎마저 잠재우듯 한적한데
온종일 쩌렁쩌렁 귓가에 맴도는 매미 소리에
삶의 발자국은 강한 쉼표를 찍으면서
더위를 이긴다

도로에 신호등만
제 할 일을 다 한 듯 깜박거리고
사람들은 오리 떼처럼 제 갈 길 찾아가는데
산책 나온 비둘기가 제 한 몸 가누려고
뒤뚱거리며 걷고 있다.

동그랗게 그리면서

하늘가 고추잠자리 어디서 나타났는지
동그랗게 맴돌고 있어요

불볕더위 속에서도
유배당한 선비처럼 외톨이가 되어서
동그랗게 홀로 날아다니네요

쓸쓸해 보이지만
매일 어디선가 나타나 나의 삶을 인도하듯
자꾸만 동그랗게 그려 놓네요

세상 모든 것이 다
동그랗게 보이는 고추잠자리
큰 원을 한번 그리고서야 임무를 마쳤는지
숲속 어딘가로 떠나가네요

친구처럼 나타나 동그랗게 그려놓고
떠나 버린 이별의 아픔이 땀방울로 흘러내리면
조용히 명상에 잠겨봅니다

동그랗게 그리면서.

피는 꽃 아름답고
지는 잎은 고와라

이루지 못하는 것

안고 가야 할 짐이 있어
이루지 못하는 것들의 안타까움
때로는 돌아서 눈물을 삼킬 때도

이 모든 것 또한
흘러가는 세월 속에
잊혀 가리니

지금 할 수 있는
지금 하는 것들을 사랑하며
후회 없는 삶이 되기를

오늘도 파이팅!

살짝 던지는 미소라도
맑은 시냇물 만난 것처럼
가슴이 환해지는
보기만 해도 기분이 좋은
언제나 아름다운 사람

그런 사람이 내가 되고,
내 곁에 그런 사람이 있으면
정말 행복하다.

가을의 전설을 쓰다

의암호 순환 코스에
형형색색의 옷으로 치장한 마라토너
저마다의 사연을 가슴에 품고
내딛는 발걸음이 분주하다

뛰고 뛰는 열기에
햇살마저 따사로운데
간간이 불어오는 시원한 바람은
마라토너의 땀을 식혀준다

그늘진 터널을 통과할 때면
기다린 듯 쏟아내는 그 함성이
깊숙한 골짜기로 메아리쳐
잔잔한 호수에 파고(波高) 친다

삼학산 곱게 물든 이파리
저마다의 색깔로 꼬리에 꼬리를 문
마라토너의 긴 물결이
의암호 물빛에 드리운다

누구를 위한 달림 이려는가?
각본 없는 드라마 속 주인공
가을의 전설을 쓰고 있는
붉게 물든 마라토너여!

* 조선일보 춘천국제마라톤대회 (15. 10. 25)

피는 꽃 아름답고
지는 잎은 고와라

모래톱에 그린 사랑

오묘한 젊음이 백사장에 펼쳐지고
맨살 드러낸 한 치 부끄러움도
파도가 감싸 안는다

정을 주고 왔다가 멀어지는 파도는
내 마음을 알아줄까?
모래톱에 사랑 마크 그려놓으면
언제나 파도가 삼키고 가네요

진주같이 빛났던
지난여름의 사랑은
파도와 어울려 춤을 춥니다

나비춤을 추듯이 네게로 다가와
파도와 키 재기를 하면서
누가 더 클까 하며
하늘 위로 높이 뛰어봅니다

싱그러운 바다의 속살을 뒤집어써도
진실을 갈구하는 너와 나
소금기 어린 추억 모래톱은 알 거야

사랑한다고, 사랑한다고
사랑이란 두 글자를
지우고 또 지우는 파도 소리에
가슴 저미도록 두 방망이 칩니다

해변의 사랑이란 묘한 것
하루에도 수천 번씩 철썩이며 속삭이는 파도는
나의 정수리를 뿌리째 뒤흔듭니다

해안의 갈매기는 하얀 뺨을 드러내며
기쁜 소식을 전하려 끼룩끼룩
항구의 돛을 띄우며
저녁노을 속으로 타들어 갑니다.

제목 : 모래톱에 그린 사랑
시낭송 : 박영애
스마트폰으로 QR 코드를 스캔하면
시낭송을 감상할 수 있습니다

피는 꽃 아름답고
지는 잎은 고와라

서브4 도전

도를 넘는 도전이
처음과 시작으로 돌리고픈
오직 혼자만의 고독한 달림

달리며 행복해하고, 고통스러워하고
나를 넘어선 희열을 맛보며

남겨 누릴 수 있는
추억의 바구니에 담으려는
열정의 달림 이려는가?

* 동아일보 경주국제마라톤대회 (16.10.16)

사랑한다면

살다 보면
꽃처럼 고운 날도 있지만
그늘이 지는 날도 있어요

그런 날은
눈빛으로 밝혀요

사랑한다면
어두운 밤도
별이 보이지 않는 밤도

서로에게 별이 되어
반짝거려요.

피는 꽃 아름답고
지는 잎은 고와라

초심(初心)

눈으로
손으로 그려보았지만
마저 그리지 못한 아쉬움으로
빠져들고 있습니다

하나가 끝나면
또 하나의 시작으로
숨바꼭질 인생처럼 살더라도
그대로 남아있습니다

그대로의 모습
그대로의 마음
그대로가 좋습니다

정말 그대로.

아직도

기다립니다
그립습니다

바람이 스치고 지나간 자리에
혼자 남은 고독이 밀려오는 순간
두 손으로 하늘을 만져 보아도
공허한 그리움만 잡힌다

칼바람 파고드는 외나무다리에서나
겨울 바다 아득한 수평선 너머에서나
그 마음이 그 마음일진대

봄은 아직 멀기만 한가요?

주어도 아깝지 않은
보아도 자꾸 보고만 싶은
밝은 눈빛이 아름다웠던
그 사람을 기다립니다

바램 없이 미소가 따스했던
곁에만 있어도 행복하기만 했던
오래도록 머물고 싶었던
그 사람이 그립습니다.

피는 꽃 아름답고
지는 잎은 고와라

무언의 사랑

계절이 바뀌어도 파초(芭蕉)인가?
책임이 따르는 중년의 나이에
사랑은 무슨 사랑이냐 되씹으며
혼자서 되뇌기만 합니다

스치는 바람이겠지 하며
사랑 같은 건 잊고 살자 하였지만
발길을 돌릴 때마다 마음 한편에
누군가를 향하는 그리움은
떨쳐버릴 수 없나 봅니다

가까이 있으면서도
더 가까이 갈 수 없음이
미완성의 굳은 수정체로 남을까 봐
상처로 남기고 싶지 않을 까닭에
오늘도 사위어가고 있습니다

그리움은 그리운 이에게
사랑은 사랑하는 이에게 보내고
부질없는 사랑이라 접어버린다면
온전히 지우지 못하는 사랑이라
망울져 슬퍼질까 두렵습니다

같은 마음으로 나누지 못하는
찐한 그리움은 외로움만 더할 뿐
불지 않는 바람을 바람이라고
행동 않는 사랑을 사랑이라고
어찌 말할 수 있겠습니까?

감추고 싶은 무언의 사랑도
목마른 그리움이 멈추지 않는다면
사랑할 수 있을 때 사랑하자고
살아있는 날엔 사랑하자고
말하고 싶습니다.

* 파초(芭蕉): 여러해살이풀, 꽃말은 신선한 모습, 기다림.

피는 꽃 아름답고
지는 잎은 고와라

복합기

텔레파시가 통하면
멀리 있어도 금방 오고
가지고 싶은 욕망이 더하면
자꾸만 마음이 간다

욕구가 있을 때마다
자꾸 손으로 만져야 하고
젖꼭지를 콕콕 누를 때마다
파르르 신음을 질러대며
가진 걸 다 내어준다

가끔 요구가 버거워
재촉하지 말라 멈추기도 하지만
한숨 돌리고 나면 곧바로
결국 다 주고야 만다

너무 많이 사랑한 탓에
헤진 모습이 싫다고 헤어지자며
여기저기 기웃거리고 바람을 피워도
아무런 원망도 하지 않는다

어쩔거나?

언제 누구를 선택해도
항상 옆에 두고 있어야 해
없으면 하고 싶은 걸 할 수 없으니
아무것도 안 된단 말이야
그래서 네가 필요해

너 복합기.

피는 꽃 아름답고
지는 잎은 고와라

그릇 싸움

드러난 그릇의 본질은 알아도
숨겨진 그릇의 본질은 모른다

세상사 마음먹기 달렸다지만
보고도 못 본체
알고도 모른 체
갈대처럼 흔들린다

긍정과 믿음을 말하면서도
정의와 진실을 말하면서도

부정과 불신이 난무하고
불의와 거짓이 숨겨지는
어둠 속의 전쟁이다

싸운다는 것은
버리지 않고 가져야 하는 것
뺏기지 않고 지켜야 하는 것

바람이 몹시 차가운 날
암울한 어둠 속에서 냉랭해진 가슴
심연(深淵)의 싸움이 한창이다

인간답게 산다는 것은
참답게 싸우는 것이다

츱츱한 칼바람에도 물러서지 않음은
새벽을 기다리는 희망이 있기 때문이다
희망이 있기에 싸우고 있음이다.

피는 꽃 아름답고
지는 잎은 고와라

산다는 것

좋은 것도 싫을 때가 있고
싫은 것도 좋을 때가 있다

마음의 본질이 그러하기에
변해가는 것이 인간의 마음

좋다고 너무 들뜨지 말고
싫다고 너무 잡히지 말자

마음이 가는 대로
몸이 따르는 대로

끊임없이 출렁이며 흘러가는 물처럼
그냥 그렇게 살아가는 거다

그게 삶이다.

짝사랑

검게 타들어 가는 나무에
푸른 생기를 주는 빗줄기였습니다

언제부터였는지 몰라도
샘물처럼 자꾸만 솟아올랐습니다

알 수 없는 달콤한 향기가
코끝에서 맴돌며 떠나지 않았습니다

그러던 어느 날
마른 나뭇가지에 불똥이 튀어
활활 타오르는 모닥불이 되었습니다

이제 어떻게 할까요?

피는 꽃 아름답고
지는 잎은 고화라

폭염 속 마라토너

뭉게구름이 몽실몽실 쪽빛 하늘이다
장마철에 타지방은 폭우가 쏟아지고 있다는데
고래불은 비는커녕 바람도 고요히 잠이 들고
햇볕만 따갑게 내리쬐는 무더운 날이다.

한낮 35℃ 폭염에서도 5,500여 명이 참가한
영덕 해변마라톤에서 명사 20리 바다를 품고
초록으로 탁 트인 들판 해안 길 따라 달려가는
달리미의 거침없는 질주는 시작되었다.

폭염에 짧은 코스도 아닌 풀코스를 완주하는
뛰다가 구급차 신세를 지는 마라토너를 보노라면
뛰어보지 않은 사람들은 물음표를 달겠지
폭염을 뚫고 완주한 그들은 희열이다.

* 영덕 로하스해변 전국마라톤대회 (16.07.04)

자아성찰(自我省察)

모든 건 나로 인함이다
즐거워하고, 슬퍼하고, 때로는 침묵하더라도
세상이 나를 사랑하게 하려면,

내가 먼저
세상을 사랑해야 할 것이다.

mee too

言行은 心性이다
고운 사람은 곱고, 추한 사람은 추하다
me too는 이걸 걸러내는 거.

피는 꽃 아름답고
지는 일은 고와라

동강, 그 슬픈 역사가 흐르다

숙부 수양대군(세조)에게 왕위를 뺏기고
상왕에서 노산군으로 강봉(降捧)되어 혈혈단신으로
유배지 영월 땅으로 발길을 재촉해야만 했던
어린 임금의 흉리(凶裏)는 어떠했을까?

창덕궁(대조전)에서 유배 교서를 받고
돈화문에서 남한강 뱃길 따라 닷새 만에 당도하여
주천 '어음정'에 목을 축였으니 공순원 주막에서
마지막 밤을 보낸 유배 길은 고달팠으리라

험준한 군등치를 넘어 굽이치는 산길을 돌아
배일치 고갯마루에 올라서 멀리 서쪽을 바라보니
저를 위해 형장에서 숨겨간 사육신이 떠오름에
무릎 꿇고 엎드려 통곡하게 하였으리라

맑은 강물과 빽빽하게 늘어선 솔숲으로
육육봉의 절벽과 삼면이 서강으로 둘러싸여
나룻배가 아니면 드나들 수 없는 창살 없는 감옥
아무도 대신할 수 없는 청령포는 외로움이라

여름날 홍수로 관음정에 옮겨 머물게 하였으니
뒷동산에 올라 막돌을 쌓으며 정순왕후를 그리워한
짧았던 생의 시간만큼이나 애달픔 또한 더 컸으리니
망향탑만 애처로이 자리를 지키고 있음이라

사약을 받고 운명한 시신이 동강에 버려지니
죽음을 불사하고 노루가 잠자던 자리에 거두었던
혼령의 원한으로 일어난 괴이한 일을 멈추게 하였던
두 사람의 용기가 없었다면 누가 원혼을 달랬으랴

대신할 수 없는 단종의 한을 숙종이 풀었으니
장릉의 무덤길에 구부린 소나무는 예를 갖춤이던가?
생을 지켜본 가장 큰 소나무 관음송은 침묵하여도
동강, 그 슬픈 역사는 흘러가고 있음이라.

제목 : 동강, 그 슬픈 역사가 흐르다
시낭송 : 최명자
스마트폰으로 QR 코드를 스캔하면
시낭송을 감상할 수 있습니다

* 강원도 영월 단종 유배지 청령포 (16.08.09)

97

피는 꽃 아름답고
지는 잎은 고와라

광한루의 사랑

아름다운 마음만을 담을 수 있는 여자
한 번의 고백으로 깊은 사랑을 심어놓았던 남자
이별했지만 사모했기에 재회의 그날 기약하며
담아둔 그릇은 절대로 깨어지지 않았다
그래서 그들은 모두의 사랑이었다

춘향과 이 도령의 사랑 얘기를 생각하며
인류 존재의 가치가 남녀 사랑에서 시작되었기에
그 가치의 소중성을 다시 생각해 본다

시대의 변화에 순수성을 잃어가는 요즘
아름다운 마음에 아름다움이 통하고 있을까?
아름다운 마음의 남자와 여자의 말은 아름답다
추한 마음의 남자와 여자의 말은 추하다

서로에게 아름다움을 전할 진실이나
받아들일 그릇이 없다면, 이해가 부족하다면,
담아 둘 그릇이 없다면, 차라리 침묵하자
참고 인내하며 침묵의 진실을 배우자

오작교를 거니는 물빛에 비친 풍경이
내 마음이 네 마음이었으면 하는 바람이다.

* 남원 광한루 (17. 11. 26)

가슴으로 안아라

촉촉이 내리는 비를 나무가 안는다
이렇듯 자연은 서로 모든 것을 품어주는데
서로의 처지에 따라 이해관계에 따라
우리는 그렇지 못하는구나

안아 준다는 건
따뜻한 온기를 서로 나눈다는 것
백번의 말보다 한 번의 포옹이 더 오래간다는
소중한 선물을 받는 것이다

그것이
애틋한 사랑의 표현일 수도
따뜻한 위로의 마음일 수도
찌릿한 회한의 눈물일 수도
가슴 벅찬 희열의 순간일 수도
털지 못한 통한의 감정일 수도

그리하여 가끔은
나무에 기대 종일 나무와 얘기도 해보고
하늘을 바라보며 구름과 함께 흘러도 가보고
해맑은 아이처럼 작은 행복을 바라보자
사람은 누구나 꽃이므로.

피는 꽃 아름답고
지는 잎은 고와라

아버지의 뒷모습

어릴 때는 만능 꾼 아버지
사춘기 때는 세대 차 나는 아버지
어른이 되면 작아 보이는 아버지
빈자리가 되면 훌륭한 아버지

전쟁터 같은 세상에
수입이 적은 것이나
신분이나 지위, 행여나 하는 일이
부끄러워 보이지는 않을까?
혼자 아닌 척하면서도
차마 체면, 자존심, 미안함에
쉽게 표현하지 못한다

어머니의 가슴은 봄이요
아버지의 가슴은 가을이라

바라보면 작아지는 뒷모습이
앙상하고 초라한 겨울나무처럼 보여도
뙤약볕을 가려준 느티나무였음이라
아버지는 정녕 그러하였음이라.

그곳을 향하여

가슴이 뛰고 엔도르핀이 솟고
뛴다는 건 청춘이요 기쁨이다
숨 막히는 레이스가 힘들지라도
뛰는 그 순간은 행복함이라

우주 속에 우주가 누구인가?
달림을 통해 나를 돌아보면서
존재의 가치를 알고 하나임을 알고
한곳으로 가는 것을 느껴감이라

때로는 빗물에 젖을 때에도
따가운 햇볕이 몸속을 파고들 때도
굴곡진 언덕길 오르내릴 때도
심장이 멎을 듯 가쁜 숨 몰아쉬며
짓눌린 두 발의 아픔을 딛고 감이라

우리의 삶이 그러하기에
누구나 다 그곳을 향해 달려가고 있다
고독한 나와의 싸움에서도
같이하는 사람도 멀어지는 사람도
그렇게 행복 찾아 달려감이라.

* JTBC 서울국제마라톤대회 (17. 11. 05)

피는 꽃 아름답고
지는 잎은 고와라

먼 그리움

푸른 하늘에
동그랗게 그려 본다

그려보고
또 그려보지만
아무것도
그려지지 않는다

너무
푸른 하늘에는
버려지는
내 작은 욕심도
그려지지 않는다

다만
먼먼 그리움 하나
그려진다

그것을
사랑이라 말하겠지.

불꽃 축제

어둠이 드리운 밤하늘에
따따따 땅 빠빠빠 빵
터지는 소리에 형형색색
찬란한 불빛으로 수놓는다

젊음의 빛
우정의 빛
사랑의 빛
모두가 희망의 빛

젊음의 빛은
가슴으로 부딪치고
눈빛으로 주고받고
귀엣말로 속삭이며 수놓는다

우정의 빛은
썰물처럼 멀어졌다
밀물처럼 다가와서
추억으로 간직하며 수놓는다

사랑의 빛은
부족하면 채워주고
사랑으로 감싸주고
가슴으로 품어주며 수놓는다

희망의 빛에 밤이 아름답다.

피는 꽃 아름답고
지는 잎은 고와라

해수욕장

물 반, 사람 반
파라솔이 백사장을 덮치고
모래찜질 삼매경에 묻힌 탄력 조각상이
은빛 모래톱을 점령하고
달려드는 파도는
갈매기 떼를 몰고 와서
바닷가 물빛 발자국을 지운다

태양은
게슴츠레하게 눈을 뜨고
일광욕에 반한 여인이
바닷가를 내달리다 한순간 풍덩
미처 이해하지 못한 바다는
가까스로 품에 껴안으며
한 몸이 된다

해풍은
얼룩진 소금기를 뱉어내듯이
여인의 긴 머리칼을
찰랑거리게 하고
솔밭 사이를 돌고 돌아
파도 소리 울리면서
해변의 사랑은 익어 간다.

행복하다

하루가 슬펐다면
하루가 슬펐다

열흘이 슬펐다면
열흘이 슬펐다

그러나 살면서
하루가 행복하면
행복하다

열흘이 행복하면
정말 행복하다

슬펐다 행복하다
반복하지만

하루가 행복하면
행복하다

혹, 하루는 슬펐지만.

피는 꽃 아름답고
지는 잎도 고와라

설악산 봉정암

무더위가 한창인 여름날이다
시름을 덜고자 설악산에 오르며
투명하게 비치는 초록의 물빛을 보고
기암절벽의 빼어난 산세를 보고
알 수 없는 곳에서 물이 흘러내려 와
끝없이 떨어지는 폭포수를 보고

봉황의 부처를 만나러
바위틈 비집고 올라가는 고갯마루에
다람쥐 한 마리 사람을 반긴다

세 번을 올라야 품은 소원 이룬다는
가장 높은 곳 봉정암 법당에는
나무아미타불 관세음보살
간절한 기도 소리 끊이질 않는다

긴 가뭄에 단비를 내리듯
소원하는 불자의 기도 소리가
가슴 가슴마다 자비로운 빗방울 되어
촉촉이 마음을 적셔주는 밤이다.

* 설악산 봉정암 (16.08.27)

독도(獨島)

태곳적 천혜 자원의 본향은
일렁이는 파도와 바람의 세월을 먹었다
외로워 마라
동해의 붉은 기운이
너를 품을 것이니.

* 독도를 주제로 한 짧은 시

종두득두(種豆得豆)

그이는 물을 주고 거름을 주었고
하늘은 햇빛을 내리셨다

그들은 열심히 자라
명품 대국으로 피어났다

우아하다.

* 자녀를 주제로 한 짧은 시

피는 꽃 아름답고
지는 잎은 고와라

석류

한여름 날
이글거리는 태양을 닮아
알알이 박힌 가슴에
투명하게 남겨진 붉은 그리움

그 그리움이 넘쳐 터져버린
단 한 번뿐인 사랑

붉은 가슴 열어젖힌
속살을 내보이며
야릇한 행복에 빠져버린
임은 누구십니까?

래프팅

투명한 물빛 문산나루의 움직임이 빨라지고
작은 물줄기 하나둘 모여 커지는 물줄기만큼이나
미처 중심을 못 잡은 몸뚱이를 내던진다

벌러덩 첨벙 쓸려가는 물길에 안간힘 쓰지만
울퉁불퉁 삐쳐 나온 바윗덩이 심술은 계속되고
노 젓기도 힘든 마냥 빙글빙글 돌아서 간다

숨 가쁜 순간이 지나 순탄한 물길 이어지자
언제였냐는 듯 동심에 빠진 장난기 어린 물싸움에
동강의 수호신 두꺼비 바위도 넋을 놓는다

어린 나이에 죽은 단종의 혼령도 반했다는 곳
은빛 비늘 반짝이며 물고기가 반가워했던 어라연
전설에 빠져버린 초록 물빛은 더욱 투명하다

스릴 만점의 된꼬까리여울 급류를 통과하자
옥수봉을 중심으로 세 개의 바위섬 사이에서는
용이 꿈틀거리듯 휘감기는 물결이 꼬리 친다

한낮의 강렬한 태양도 진한 초록에 빠져버리고
물가에 노니는 황새는 긴 목 치켜세워 쳐다보자
만지나루쉼터 잔잔한 강물에 풍덩 빠져버렸다.

* 강원도 영월 동강 (16.08.07)

피는 꽃 아름답고
지는 잎은 고와라

사천노을마라톤

우주 강국으로 향한 열정의 산업도시 사천에서
삼천포대교공원의 늦은 오후는 열기로 가득 찼다
채가시지 않은 더위에 따가운 햇볕도 아랑곳없이
마라토너의 거침없는 질주는 시작되었다

해안 길 돌고 돌아 쉼 없이 달려가노라면
잘게 부서지는 파도의 포말은 알알이 아롱져가고
썰물로 빠져나간 갯벌은 민낯을 검게 태우는데
붉게 물들여지는 하늘만 눈길을 사로잡는다

서서히 어둠이 깔리는 아기자기한 섬 사이로
떨어지는 해를 곱게 단장하는 노을을 보노라면
몽환적인 풍광의 연출을 온몸으로 느끼게 하고
삼천포대교의 찬란한 불빛마저 황홀키만 하다

파도도 잠든 고요한 바다엔 적막함이 흘러가고
홀로 떠 있는 밤하늘 하현달은 외롭게 보이는데
간간이 들려오는 함성과 쉼 없는 발걸음 소리는
삼천포대교공원의 밤을 뜨겁게 달구었다.

* 사천노을마라톤대회 (17.08.27)

이 순간에

우리의 삶은
최후의 순간까지
혼자 살아가는 게 아니다
고개만 돌려 보아도
바로 옆에 그리고 뒤에
사랑하는 사람들이 있음을
발견할 수 있다

그러니까
마지막 순간까지
혼자가 아니다

사람아

사랑은
나중에 하는 것이 아니라
지금 하는 것이다
이 순간에.

피는 꽃 아름답고
지는 잎은 고와라

남매지 꽃 첫사랑

고요한 새벽 여명을 타고 왔습니다
궂은날이 많아 찾아오기가 쉽지 않았나 봅니다
혹 걸음이 멈춰질까, 아니 오면 어이할까
기다려지는 날도 많았겠지요

임을 만나러 여기까지 왔네요
그리움에 보고 싶어 만나고 싶어서
약속이나 한 듯 한걸음에 달려왔습니다

눈 부신 햇살이 비치는 가을날 아침
연꽃 넓은 잎 사이로 물안개 이슬 머금고
반가움에 미소 짓는 임을 보았습니다

그는 임을 보며 미친 듯 뛰었습니다
곁에 두고서 돌고, 또 돌다 보니 어느덧
이마엔 땀방울이 흘러내립니다

임에게 다가간 순간 가슴은 설레었고
임을 보는 순간 온몸은 짜릿했습니다
그래, 바로 오늘이었어, 임을 만난 건 행운이야
그는 남매지 꽃 사랑에 빠져버렸습니다.

* 남매지 마라톤회원과 시화전 감상 (18.09.23)

남매지에 핀 꽃

밤새 무슨 일이 있었는지 모르겠습니다
잠결에 바람도 불었고, 비도 내렸고
가끔 천둥소리도 들리는 것 같았습니다

뚝 뚝 뚝 세차게 떨어지는 빗방울 소리는
너무도 무정(無情)하게 들리는 것 같았습니다
이 모든 게 꿈이려니 했습니다

어둠이 물러가면 비구름이 걷히고
불어대던 바람도 쏟아지던 빗방울도 멈추고
평온을 찾는 줄 알았습니다

그간의 애틋한 사랑은 어디로 갔는지
서늘해진 비바람에 밤새 떨었던 꽃은
흠뻑 젖은 채 고개를 떨구고 있었습니다

꽃을 사랑한 임이 다시 찾은 그 날
안쓰러움에 가슴으로 꽃을 안아줍니다
임의 사랑에 꽃은 다시 피어납니다.

* 태풍 '콩레이' 영향의 궂은 날씨에 시화 철거 (18.10.06)

피는 꽃 아름답고
지는 잎은 고와라

길 위의 인생

118년 만의 더위 팔월 한낮
폭염에 너부러진 아스팔트 위로
삶과 애환의 바퀴가 굴러가는
여름날의 일상이다

손님을 님이라 칭하고 임을 찾아 길을 누빈다
거리는 휴가철이라 너무 조용한데
웬 자동차는 그리 급한지 속도는 카레이스 수준이다

임 소식은 간 곳이 없고
라디오에선 구성진 옛 노랫소리가 감성을 자극하지만
두 눈은 부엉이처럼 임을 찾는다

인도의 카스트처럼 제5계급 taxi
독고다이 인생
한 시절 빛났던 화이트칼라 자존심에
한때는 부정하고 숨기고 싶었던 직업
외롭고 힘든 일상이지만
길든 뒤에야 사랑하게 되었다

고개를 들어 먼 하늘 바라보니

뭉게구름 사이로 파란 하늘이 가을을 준비하나 보다

지긋지긋한 더위가 가고 다가올 가을엔

파란 하늘에 그 누군가의 수호천사 되어

하얀 마음을 스케치하고 싶다.

* 카스트: 인도 사람들의 삶을 결정하는
  　　　　(브라만, 크샤트리아, 바이샤, 수드라) 4계급 제도.
* 독고다이: 스스로 결정하여 홀로 일을 처리하거나
  　　　　그런 사람을 속되게 이르는 말.

115

독백의 공간

한순간 음미하고 사라질 문자라지만
내 마음을 전할 수 있는 이런 공간이 좋다

아무도 기다려 주지 않아도
누구도 기억해 주지 않아도
어딘가 누군가 한사람쯤은 알아줄 거라고
그냥 그것만으로 행복한 시간이다

어제가 오늘로 흐르는 밤
시간은 자정을 넘어가는데...

잠 못 이루어 뒤척이는 밤
누군가에게 내 인생의 슬픈 로맨스를
들려주고 싶은 밤

어디선가 어느 별 아래서 또 나를
그리워하며 손짓하는 임을
찾아가는 이 남자

깊어가는 가을밤
서늘해진 밤공기 가르며
어둠 속 추억여행을 떠나고 있다.

제목 : 독백의 공간
시낭송 : 박태임
스마트폰으로 QR 코드를 스캔하면
시낭송을 감상할 수 있습니다

116

작별(作別)

우연히 찾아온 인연
스미듯 다가온 사람

더 나은 삶을 위해
떠나보내야만 했을 때

그저 바라만 보고
웃고 있는 듯 울어야 하고
울고 있는 듯 웃어야 하며
넘어가야 할 때가 있습니다
그럴 때가 있습니다

마주하는 사람도
멀어지는 사람도

아무 일 없었듯이.

피는 꽃 아름답고
지는 잎은 고와라

인연과 관계

물은
스스로 길을 만들어가며
가장 낮은 곳으로 흐르듯

우리의 삶도
각자 궤적을 남기며
나를 거치고
너를 거치고
우리 모두를 거쳐
계속 흘러간다

아름답고
올바른 삶의 길만이
나를 통해 흘러야 할 것이고
가치 있는 삶만이
나를 통해 흘러가고
너를 통해 흘러가고
모두를 통해 흘러갈 것이다

그러므로 인연은
세심하고 조심스러운
성의를 보여주는 사람만이
시간이 흘러도
관계에서 살아남는다

멀어져 가는 시간 속에
많은 사람이 각자의 인생 속에
들어왔다가 나간다

흐르는 것은
흐르게 놔두어라

할 수 있는 유일한 노력은
지금 내 곁에 있는 사람들을
아끼고 사랑하는 것이다.

피는 꽃 아름답고
지는 잎은 고와라

손이 어때서

서로 부대끼며 살아가는 세상이다
남녀칠세부동석(男女七歲不同席)은 유교의 옛 가르침이라
남녀 간 접촉엔 거리를 두라는 의미다

그렇기에 남자가 내미는 손을
여자가 선뜻 잡지 못하는 것은
누구에게도 쉽게 허락하지 않으려는
정조를 지키려는 본능일까?

살며시 잡아보고 싶었던
그냥 꼭 쥐어보고 싶었던
어쩌면 뽀뽀나, 키스나, 포옹보다
더 강렬한 텔레파시로 느껴지는
찐한 감정이었을 게다

누군가에게 손을 잡고 싶다는 건
마음을 주는, 터놓은 사이가 되고 싶다는 거
정말 그러고 싶은 마음에서 던진 한마디
"손 한번 잡아 볼까요?" "어머, 안 돼요"
그래, 당연히 그럴 것이다

설령 엉겁결에 손을 잡았다 하더라도
문고리를 잡고 방을 열어 보듯 볼 수 있을까?
감추고 싶은, 바란 만큼 믿음이 아닐 수 있는데
왜냐면 서로 부담이 될까 봐 때문이다

누구나 저만의 고독이 있다
이웃, 친구, 가족, 사랑하는 사람도 있지만
혼자라는 생각이 들면 외로움을 느낀다
더불어 사는 세상에 같이할 수 있는
사람이 있다는 건 행복이다

생각이 같은 사람,
느낌이 통하는 사람,
좋은 향기를 뿜어내는 사람,
왠지 같이하고 싶은 사람에게
살며시 손을 내밀어 본다
그 손을 잡아 준다면
얼마나 행복할까?

사람아!

피는 꽃 아름답고
지는 잎은 고와라

가을이려는가?

계절의 순환에
그 뜨겁던 여름날이
꼬리를 내리고
매미 소리마저
속절없이 멀어져 갑니다

가을 햇살에
곡식들은 영글어가니
풍요를 약속하고
드높은 가을 하늘에
귀뚜라미 소야곡은
밤공기를 가릅니다

풀잎의 이슬이
햇살에 눈 부셔 더 영롱한
아름다운 가을날에
빠져봅니다.

자아(自我)

가을에는 모든 것을 내려놓고
아름다운 숲길을 걸어가고 싶다

한 발 한 발 걷고 걷다 보면
가슴속에 숨어있던 기억들 들여다보며
옹달샘에 비친 정갈한 그림자처럼
다시 자신을 만날 수 있을 거 같다

어제도 오늘도 한 공간 속에
학습된 반복의 관념에서 벗어나
굳어버린 감성 일깨우고 싶다.

피는 꽃 아름답고
지는 잎은 고와라

일상(日常)

쳇바퀴 돌 듯
늘 같은 자리에서
달려가고 있음이
끝나지 않는 굴레의
시시포스

화사한 꽃향기가 좋았던
시원한 바람이 그리웠던
풀벌레 소리가 정겨웠던
계절도 다 지나가고

이젠
옷깃을 여미고
따스한 햇볕이 그리운
밤의 계절을 맞고 있다

짧지만 않았던 시간
맑은 눈빛이 아름다웠고
미소 짓는 얼굴에 행복했던
열정만큼이나 즐거웠던
지난 시간을 돌아보는
지금

내어주어야
거둘 것이 있다는
자연의 이치처럼
한해의 끝자락에 서서
또 다른 희망의 기다림 속에
새봄을 기다려야 한다

그날을 기다리며
다시 싹을 틔울 때까지
때로는 바람도
때로는 햇살도
다 그리울 것이다.

* 시시포스(Sisyphus): 그리스 신화에 나오는 코린트의 왕

피는 꽃 아름답고
지는 잎은 고와라

자물통

행복이
사랑이
믿음이

좋을 때나 싫을 때나
이쁠 때나 미울 때나

영원 하자고
변치 말자고.

강가에서

강물도 얼어붙는다
얼지 않는 것은
얼지 않기 위해 몸부림친다
칼바람이 몰고 간 자리는
허허롭기만 하다
모두가 얼어붙는다

혹한의 추위에
몸도 마음도 시리다
분주한 자동차의 움직임도
오가는 발길도 뜸하다
떠나는 쓸쓸함이다

따사로운 햇살이 그립다
누군가의 손짓이.

피는 꽃 아름답고
지는 잎은 고와라

애심(愛心)

언제부턴가 그랬다
너와 나 살아가는 모습은 달라도
은은하게 다가오는 네 모습은
이유 없이 날 끌어당기게 하는
무언의 설렘이었으니

떠 올리기만 해도
마냥 사랑스럽기만 하고
품어주고 싶을 뿐이야

오늘따라 몹시 보고 싶어
금방이라도 달려가고 싶었지만
그때만 그런 게 아니었지

항상 생각하지만
넌 자꾸만 보고 싶고
가까이 두고 싶단 말이야
널 많이 사랑하니까
오래도록 말이야.

산수유의 봄

베란다 앞 정원에 산까치가 잔치를 벌이고 있다
몇 날 며칠을 조잘대며 나뭇가지를 콕콕 쪼아대고 있다
붉고 통통하던 열매가 겨우내 딱딱하게 말라가는데
봄을 맞아 꽃잎 내밀어야 할 나무는 미동도 없다

영원불멸의 사랑, 팔방미인이라고
잎새 다 떨어진 가지에 매달려 엄동설한 버텼건만
찾아오는 봄 앞에서 천덕꾸러기라 외면하는데
누구도 찾지 않는 그곳에 찾아온 반가운 손님

날카로운 주둥이로 이곳저곳 쪼아대는 틈에
아픔도 있으련만 몸을 맡긴 채 순간의 고통을 참고 있다
떼 내지 못한 것들을 완전히 떼어놓을 때까지 콕콕

말개진 가지에는 어느새 노란 새순이 돋아나고 있었다
보석처럼 여겨 스스로 할 수 없었던, 떼 내지 못한 미련도
봄의 전령사는 까치 주둥이로부터 피어났다.

피는 꽃 아름답고
지는 잎은 고와라

지나고 나면

지나고 나면 모두가 아름답지 않았던가?
메꿀 수 없었던 공간도 한 가지 그림으로 꽉 채워지고
하얀 백지 위에 수없이 많은 수채화를 그리지 않았던가?

가끔은 뚝 떨어진 물감에 다시 그려보기도 했지만
그러나 그것마저 아름답지 않았던가?

뚝 떨어져 죽은 듯 죽지 않고 사는 지금에도
가끔 오뉴월 서릿발에 꽃잎 지우듯 던지는 한마디조차
애석하기 그지없지만, 훗날, 이 그림 또한 정겹지 않을까

사랑하자 모름지기 삶은 살아가는 전부가
아름다운 일들로 깊드리 숨어있지 않은가?

제목 : 지나고 나면
시낭송 : 박순애
스마트폰으로 QR 코드를 스캔하면
시낭송을 감상할 수 있습니다

로또 한 장

확률 1/8,145,060 라지만
될 것이란 막연한 기대감에
천원의 행복을 사고 있다

역시나 꽝으로 허탕 치지만
언젠가는 꼭 인생 역전한다는
망상에 잡혀 한 방을 노린다

이렇듯 되지도 않는 현실을
될 것이란 막연한 희망으로
안 되는 줄 알면서 또 산다

미련의 끈을 버리지 못하고
허황한 착각에 빠져버린 사람
착각도 행복이라면 어쩌랴.

피는 꽃 아름답고
지는 잎은 고와라

파도 2

끝없이 철썩이는
그건 뜨거운 사랑이다

밀려와 부서지는
그건 애틋한 마음이다

왔다가 멀어지는
그건 훗날의 그리움이다

끝없이 철썩이고
밀려와 부서지고
왔다가 멀어지는

아
임이여!

강물은

뜸봉샘에 시작한 작은 물줄기
백마강 낙화암 꽃들을 끌어안고
충청권을 가로질러 서해 품에 안긴다

추워도,
더워도,
징그럽게 싫어도,
사무치게 좋아도,
그저 아무 일 없듯이 흘러가는

계절마다 물빛 색깔만 다를 뿐
삶도 삶이기 때문에 흘러갈 뿐

장마에,
지독한 더위에,
때로는 지치고 힘들겠지만
그저 인생은 지속하여야 할 때가 있다
쉼 없이 흐르는 강물처럼 말이다.

* 충북 옥천 금강 (19.07.28)

피는 꽃 아름답고
지는 잎은 고와라

요행을 바라지 마라

각자의 사명이 무엇이든 간에
인간의 삶은 일을 통해 이루어진다

정말 사람답게 살려면 일을 해야 한다
일을 해야 참다운 인생의 의미를 느끼게 된다
편한 삶을 바라는 건 모두의 바람이지만

진정한 자유와 행복을 누리는 것도
일에 대한 노력의 결과물

요행을 바라지 마라.

올곧은 사랑

한뉘를 살면서 누구나 그러하듯이
가끔은 미치도록 사랑하고 싶을 때가 있다
마음결 따라 일렁이는 물결은 멈출 줄 모르고
시나브로 여물어 가는 달보드레한 사랑
그리움이 되어 지난날을 되새긴다

구름발치 흐릿한 가냐른 사랑
푸른 하늘까지 오롯이 바라볼 수 있으면
쉬이 사위지 않을 숨 막히는 사랑을
또바기로 써 내려갈 수 있으면
더할 나위 없겠다

아무리 적셔도 싫지가 않은 단비처럼
불고 또 불어도 밉지 않은 산들바람처럼
모두 주어도 아깝지 않을 옹골진 마음으로
올곧은 사랑을 할 수만 있었으면
지나온 길 돌이켜 아쉬움이 없겠다.

* 사랑을 주제로 한 순우리말 글짓기
* 올곧다: 마음이나 정신 상태 따위가 바르고 곧다.
* 한뉘: 한평생. (살아 있는 동안)   * 시나브로: 모르는 사이에 조금씩.
* 달보드레하다: 약간 달콤하다.   * 구름발치: 구름에 맞닿아 보일 만큼 먼 곳.
* 가냐른: 가냘프고 여린.   * 오롯하다: 모자람이 없이 온전하다.
* 사위다: 불이 다 타고 사그라져 재가되다.
* 또바기: 언제나 한결같이 꼭 그렇게.
* 나위: 더 할 수 있는 여유나 더 해야 할 필요
* 옹골지다: 실속이 있게 속이 꽉 차 있다.

제목 : 올곧은 사랑
시낭송 : 박영애
스마트폰으로 QR 코드를 스캔하면
시낭송을 감상할 수 있습니다

피는 꽃 아름답고
지는 잎도 고와라

이젠 떠나리

일편단심
해바라기처럼 그대를 바라는 마음
이젠 더 기다리지 말아야 할 것 같습니다

침묵으로
감정을 숨기며 애태우던 사랑이
그대도 그랬는지 알 수 없기 때문입니다

사랑하는
그 마음 아는지 모르는지 언제나 한 곳에
맴돌았던 미련까지 모두 지우겠습니다

마음마저
보내야 할 사랑이라면 아파하지 말고
아름다운 기억마저 잊고 떠나겠습니다.

신발 끈을 묶어라

가슴이 답답하고
말 못 할 상념이 휘몰아칠 때
신발 끈을 묶어라

가슴이 쪼여오는 통증은
나를 넘어서는 인내가 필요하기에
나에게 물어보는 순간이다

심장을 찌르는 숱한 질문이
곳곳에 아픔과 통증으로 몰려오지만
극한 상황을 체험하면 안다

추워도, 더워도
불어도, 젖어도
뜨거운 햇볕을 받으며
힘겨운 언덕길 오르내려도
포기하지 않고 가야 하는
인생은 풀코스.

제목 : 신발 끈을 묶어라
시낭송 : 최명자
스마트폰으로 QR 코드를 스캔하면
시낭송을 감상할 수 있습니다

* 조선일보 춘천국제마라톤대회 (19. 10. 27)

피는 꽃 아름답고
지는 잎은 고와라

떨어져 버린 풍경

아무도 모르게 슬며시
사랑하고 싶은 이의 가슴 끝에
작은 풍경 하나 달았었다

보고 싶고, 그리울 때마다
무시로 내 마음을 알려주는
작은 풍경 하나 달았었다

바람 없는 날에도 종일 달랑거리며
내 마음의 깊이를 귀 따갑게 울려주는
정겨운 풍경 하나 달았었다

땡그랑 소리 익어갈 때쯤
예기치 않은 돌개바람에
달렸던 풍경 툭 떨어져 버렸다

내 마음 풍경이.

마지막 잎새

연둣빛 여린 설렘으로 피어나
뙤약볕 안고 벅찼던 푸르름을 빛내다
붉은 마음 가득 안고 떠나는 잎새

매달린 마지막 잎새 떨구기까지
하나의 잎새는 단 한 번 세상에 왔다가
바스락거리며 쓸쓸히 사라진다

가을에 세상을 떠나는 영혼

계절의 마디마다 달리 남겨진 흔적들
일상의 모든 것들에 대한 넘치는 사랑은
훗날 부메랑 되어 그리움으로 남는다

수북이 쌓였던 추억마저 잊으면
떠나고 난 텅 빈 자리 무엇으로 메꿀까?
책갈피에 끼워 둔 그리운 잎새 하나.

피는 꽃 아름답고
지는 잎은 고와라

종교를 보는 눈

종교란
인간의 세계에서
한 마리의 코끼리를 두고
장님이 각자 다른 부분을
만지고 표현하는 것과
다를 바 없다

뿔을 만져본 사람
배를 만져본 사람
다리를 만져본 사람
각자는 뭐라고 했을까?

종교를 가짐은
마음의 평안을 찾고
선을 행하려 함이다

네가 옳으니
내가 옳으니
행실은 바르지 못하면서
믿기만 하면 천국 간다는
이기적인 행태를 보면
천국을 미끼로 강요하는
장사꾼처럼 보인다.

'코로나 19' TAXI

문틈 사이로 황금빛 햇살이 나를 깨운다
이곳은 나만의 공간 켜져 있는 '콜 대기 중' 나의 좌표다
가끔 까치가 울다가는 도심 속 무인도 나의 일상이다

한때는 코로나 택시가 길거리를 질주했다지만,
지금은 '코로나 19'가 종횡무진 전 세계로 질주하고 있다
거리는 텅 비었고, 그 많든 사람들이 방콕에 갔다

찾아가도 없고, 찾는 이도 없는 현실의 공간에서,
행여나 불러줄까 봐 귀 쫑긋 훑어보고, 먼 하늘 쳐다보고
온종일 허탈한 심정으로 기약 없이 보내야 한다

어쩌다 불러주는 반가운 인연은 말도 못 건네고
처음부터 끝까지 서로를 부정하며 보내야만 할지라도
삶의 보너스 같은 인연을 오늘도 기다려 본다.

피는 꽃 아름답고
지는 잎은 고와라

세한지우(歲寒知友)

송죽매(松竹梅)는 세한지우(歲寒三友)라
겨울을 함께하는 송죽은 늘 푸르고

꽃과 잎이 다 진 엄동설한(嚴冬雪寒)에서도
동백과 매화는 꽃을 피웁니다

한파(寒波)에 모두가 다 숨을 죽여도
타는 듯 붉은빛 그리움 가득 안고서

진실한 마음으로 임을 기다리며
설한(雪寒)에 꽃 피우는 동백입니다.

네가 고와서

고와서 한참을 바라보았다
곱다. 참 곱다
예쁜 사람을 수시로 보고 만나지만
고운 사람 만나기가 쉽지 않다

머리끝에서 발끝까지 정갈하게
살결에서까지 꽃향기가 난다
그래서 곁에 있으면
자꾸 쳐다보고 감탄하게 된다

참으로 고운 사람
곁에 있는 것만으로도
기쁨을 주는 사람

그런 사람 옆에 두어야겠다
어떻게 다가갈까?

피는 꽃 아름답고
지는 잎은 고와라

'코로나 19' 돌맞이

한해를 훌쩍 넘긴 전쟁도 평화도 아닌
전쟁과 평화 같기도 한 지구촌의 일상은
생에 있어 누구든 한 번도 경험해보지 못한
'코로나 19' 시대를 살아가고 있다

흐르는 세월을 보내고 또 맞으며
평범한 일상에 겪는 일들 수없이 많다지만
멈추고, 차단하고, 갈라놓은 작금의 흐름에
못다 한 아쉬움은 잔상으로 남는다

한파에 '코로나 19' 팬더믹이 더 거세다
파고드는 냉기가 뼛속 깊이 시릴지라도
꿋꿋이 견디며 오늘을 살아가는 모두는
신축년 희망으로 마음을 다잡는다.

지켜가는 삶

초연함이란 무덤덤해지는 것이 아니다
치우치지 않는 중심을 배워나가는 것이다
오늘에 충실함이 나를 지키는 것이다

사는 동안 욕망의 늪에 많은 유혹이 있다
집단의 이기심에 도취하면 때론 평정심도 잃고
욕심이 지나치면 마음의 도를 잃는다

바로 오늘, 내면의 충실함을 채워가야 한다
가장 슬픈 일은 "그랬더라면 좋았을 걸'이다
오늘은 어제와 내일을 잇는 삶의 다리다

어떤 경우에도 자신의 삶을 지켜야 한다
망상(妄想)을 버리고 오늘을 충실히 보내야 한다
과거는 과거이고, 미래는 미래이다.

피는 꽃 아름답고
지는 잎은 고와라

봄비 내리는 날

만난다는 건 스며드는 것이다

꽃향기가 좋아서
그녀의 향기가 좋아서
타닥타닥 떨어지는
빗방울 소리마저
정겹게 들린다

화사한 꽃잎도 좋지만
촉촉이 빗물 머금은 꽃잎은
생기를 더하여 좋구나

봄비 내리는 날에는
서로에게 촉촉이 스며들어
생생한 한 사랑 꽃
피웠으면 좋겠다.

행복하여라

세상사 바람 불어 흔들어도
그대 품속에서 춤을 춘다면
춤추는 그 순간이 행복하여라

어디서 누군가를 사랑하다
떠날 때 아픔이 있다 하여도
사랑한 그 시간이 행복하여라

인생사 한 줄기 바람일진대
왔다가 사라지는 그 순간까지
함께한 그 세월이 행복하여라.

피는 꽃 아름답고
지는 잎은 고와라

느림의 미학

살면서 적절한 시기에
완급 조절을 잘 할 수 있는 사람은
실수할 일이 없다

너무 서둘러 가서도,
너무 느리게 가서도,
그게 때로는 생채기가 되기도 한다

소중한 것일수록
기다릴 줄 알아야 내 것이 된다는 걸
새삼 깨닫는다.

물같이

계곡물도, 강물도, 바닷물도
서로 만나면 하나가 된다

흐르는 물은
높은 곳에서 낮은 곳으로
좁은 곳에서 넓은 곳으로

서로 높낮이를 맞추며
어깨를 나란히 하며 흐른다

물은 낯을 가리지 않는다
고인 물까지 포용한다

물은 그렇게 가슴을 연다
서로 맞닿아 하나가 된다

너, 나, 우리
물 같은 인생이 되자.

제목 : 물같이
시낭송 : 박영애
스마트폰으로 QR 코드를 스캔하면
시낭송을 감상할 수 있습니다

피는 꽃 아름답고
지는 잎은 고와라

임이 좋아서

임이 좋아서 어디서든 달려갑니다
맑고 푸른 하늘에 자연을 벗 삼아
언제나 변하지 않는 임의 모습이 좋습니다
태곳적부터 임은 빼어난 아름다움을 가졌군요

모든 사람이 비교할 수 없는
임의 황홀한 모습에 매료되어
오늘도 임을 보고 싶은 마음에
이른 아침부터 발길을 멈추지 않습니다
가는 길이 비록 멀고 힘들지만,
임을 꼭 만나야만 합니다

오솔길을 지나고 봉긋한 능선을 넘어
뾰족이 솟아오른 암벽을 더듬어 너덜겅 길을 따라
임을 만나러 가는 길이 즐겁습니다

먼발치서 본 임의 위풍당당한 모습은
볼수록 카리스마가 넘칩니다
정상에서 있는 임을 만났을 때,
와락 껴안고 뜨거운 입맞춤을 하였습니다
그 순간 천하를 품에 안은 것 같았습니다

곧 이별의 순간이 온다 해도
임을 사랑했던 기억만 품고 가겠습니다
너무나 오랫동안, 임을 기다리다 품에 안았으니
그 무엇이 부럽겠습니까?

임을 찾아오기까지 내디디며
흘린 땀과 허기진 육신, 몹시 지쳤지만,
임을 만난 순간에 모든 고통과 피로가
말끔히 씻어져 버렸습니다

서녘에 기울어지는 해가 갈 길을 재촉합니다
나뭇잎 떨어져 수북이 쌓인 벤치에 앉아
이별을 고하는 남자의 모습이 아쉽지만은 않습니다
정녕 임을 후회 없이 사랑했기에
떠나는 발걸음이 가볍기만 합니다.

* 임(가야산 만물상 능선) 종주 (20.11.10)

피는 꽃 아름답고
지는 잎도 고와라

새재 옛길

죽령도 아닌
추풍령도 아닌
문경새재 옛 한양 길

괴나리 봇짐 지고
입신양명 꿈을 안고
아슬아슬 넘어가던 옛 과거 길

이젠

과거 길도 아닌
장시를 찾아가는 길도 아닌
국민관광 1호 길

세월의 숨결 따라
남겨진 발자취 따라
사뿐사뿐 넘어가는 힐링의 길.

그대의 옷을 입고

어제도 그제도 구름에 갇힌 듯
임의 속마음을 알 수가 없었습니다

버리지 못한 미련인지, 못다 한 사랑인지
젖은 빗방울은 아쉬움의 흔적일까요?

여름날 피지 못한 사랑 꽃이
뭉게구름처럼 몽실몽실 솟아오릅니다

이제 어디로 갈까요?
어디로 가고 있을까요?

저만의 색깔로 물들어가는 가을날
아쉬움, 그리움이 피어오릅니다.

피는 꽃 아름답고
지는 잎은 고와라

정녕 떠나십니까

많은 시간을
함께하지도 않았는데
찬 바람이 조금 불 때는
그러려니 했었는데,
지는 꽃잎엔
나비도 아니 앉는다고
그리 쌀쌀맞게
떠나십니까

임은
웃고 계십니까?
지금 행복하신가요?

난,
뒹구는 낙엽을 보아도
떠도는 구름을 보아도
떨어지는 해를 보아도
찡하게 가슴 저린답니다

무엇이 서러워
바람 타고 우십니까
만남과 이별의 굴레에
숱한 사연만 남기고
임은 떠나겠지요

내가 그랬듯이.

지금 당장

그래, 그렇다
절실할 때만 찾고
필요할 때만 친절하다면
그 누구도 그 사람과
그가 보여준 친절을
달가워하지 않는다

누군가와
좋은 관계 좋은 만남을
이어가고 싶다면
필요할 때만 찾지 말고
가끔은 찾아야겠지
그것이 어렵다면
마음이라도 전하자

그리고
하고 싶은 말
정말 하고 싶은 것이 있다면
머뭇거리지 말고 하자
지금 당장.

피는 꽃 아름답고
지는 잎은 고와라

연정(戀情)

날이 가고 달이 가도
책갈피에 끼워 둔 예쁜 사랑 하나
남겨놓고 있습니다

시간의 흐름에 조금씩 무뎌져도
두 눈에 아른거리는 선명한 모습은
설렘으로 다가옵니다

말없이 은근히 드리우며
사랑스런 몸짓으로 다가오는 그림자는
함께 하고픈 사랑입니다

못다 한 아릿한 사랑
그 비애가 숙명이라 할지라도
그대로 남아있습니다

지우지 못하는 그리움은
새벽이슬에 맞을 때까지 기다리는
안타까운 속마음입니다

가끔은 머릿속에 남아
미소 띤 얼굴로 바라보고 싶은
잊은 듯 살아가는 모습마저 어여쁜
사랑이라 하겠습니다.

호기심

누가 봐도 예쁘다
가까이 갈 수 있을까?
바라는 마음이다

바라보는 눈빛에서
주고받는 말속에서
조금만 더 조금만

한결같은 몸짓에
빨려 드는 이끌림
가까이 더 가까이

다가가기만 해도
같이 있기만 해도
기분 좋은, 느낌이 좋은
또 다른 설렘이다.

피는 꽃 아름답고
지는 잎은 고와라

온기(溫氣)

추웠다, 풀렸다
반복하지만
오늘은
봄날 같은 기운이
느껴지는 입춘

먼 길
달려온 이들은
가는 길을 재촉하는데,
돌리지 못하는 발걸음
약속이나 한 듯

화려한 불빛
촉촉이 젖은 공원길 걸으며
밤을 잊은 듯
서로는
가슴으로 부르짖었다.

너 좋다

언제 보아도
너는 참 예쁘다
너를 볼 때마다
자꾸만 안아보고 싶다
그냥 그러고 싶다

흔들리지 않고
해가 지고 달이 떠도
날이 가고 해가 가도
볼수록 사랑스럽다
그래서 너 좋다

고와서 좋고
예뻐서 좋고
느껴서 좋다

그래서 다 좋다.

피는 꽃 아름답고
지는 잎은 고와라

피는 꽃 아름답고
지는 잎은 고와라

한영택 시집

2021년 9월 28일 초판 1쇄
2021년 10월 1일 발행
지 은 이 : 한영택
펴 낸 이 : 김락호
디자인 편집 : 이은희
삽화 : 이종재
기 획 : 시사랑음악사랑
연 락 처 : 1899-1341
홈페이지 주소 : www.poemmusic.net
E-Mail : poemarts@hanmail.net

정가 : 12,000원
ISBN : 979-11-6284-315-4